멸망한 지구를 주웠다

SPECTACLE FANTASY STORY
고랭지 판타지 장편소설

멸망한 지구를 주웠다 제4권

초판 1쇄 인쇄일 | 2024년 01월 10일
초판 1쇄 발행일 | 2024년 01월 17일

지은이 | 고랭지
발행인 | 조승진

편집기획팀 | 이기일, 이종혁, 김정환, 노상균
출판제작팀 | 이상민

펴낸곳 | 영상출판미디어(주)
주소 | (07551) 서울, 강서구 양천로 570, NH서울축산농협 NH서울타워 19층(등촌동)
전화 | 02-2013-5665(代) | **FAX** 032-3479-9872
등록번호 | 제 2002-000003호
홈페이지 | www.ysnt.co.kr
E-mail | ysnt2000@hanmail.net

ⓒ 2024, 고랭지

이 책은 영상출판미디어(주)가 작가와의 계약에 따라 발행한 것이므로
본사의 서면 동의 없이는 어떠한 방법으로도 이용할 수 없습니다.

ISBN 979-11-380-4174-4
ISBN 979-11-380-3682-5 (세트)

※잘못된 책은 본사나 구입처에서 교환하여 드립니다.
※저자와의 합의하에 인지를 붙이지 않습니다.

※ 본 작품은 픽션입니다.
본 작품에 등장하는 인물, 단체, 지명, 국명, 사건 등은 실존과는 일절 관계가 없습니다.

멸망한 지구를 주웠다

제1장 교역	009
제2장 빌어먹을 세상	045
제3장 의외의 성과	083
제4장 폭풍 전야	097
제5장 파란의 경매장	111
제6장 노다지	149
제7장 국왕의 힘	163
제8장 대기사 영지전 (1)	191
제9장 대기사 영지전 (2)	205
제10장 후폭풍	219
제11장 레비온 자작의 몰락	269
제12장 우연 아닌 필연	307

다음 날 오전.
 제론은 어제 새벽까지 술을 마셔 아직 정신이 없는 부족장들을 불러들였다.
 아직 술이 덜 깨서 비몽사몽인 가운데 놈들은 자신들이 왜 집무실에 불려 왔는지 이해를 못 하겠다는 표정이었다.
 "제론 영주! 어제 협상은 끝나지 않았나?"
 "협상은 끝났지만 한 가지 절차가 남았지. 우리 아툰 왕국인들은 계약서를 매우 중요하게 생각하거든."
 "계약서? 그깟 종잇조각이 뭐라고."
 "너희들의 생각이 어쨌든, 왕국에 속한 내 입장에서는 계약서가 작성되어야 그것을 근거로 행동할 수 있거든. 일종의 문화 차이라고 생각해라."

"그래, 문화 차이. 이해한다."

제론은 빼곡하게 작성되어 있는 A4 용지를 내밀며 희미하게 웃었다.

의미가 없는 계약서?

왕국의 다른 귀족들이 들었다면 명예가 땅에 떨어진 놈들이라며 비웃었을 것이다.

계약에 목숨 거는 인간들이 바로 아툰 왕국인들이었고, 행여나 놈들이 계약을 이행하지 않는다면 이를 근거로 하여 왕국 차원에서 전쟁도 벌일 수도 있었다.

계약서는 어제 제론이 밤새 고심하여 작성한 것이다.

물론 일방적으로 영지에 유리하게 작성되어 있었다.

교역 협의서.

편의상 아툰 왕국의 제론 페로우를 갑이라 하고, 바바리안 연합을 을이라고 한다.

1. 갑과 을은 협의하에 장시를 설치한다.

2. 장시는 페로우 남작령 북부 렘버린 강 너머에 설치한다.

3. 협의가 폐지되지 않는 한, 바바리안은 렘버린 강 이남으로 남하할 수 없다.

4. 갑은 식량과 치료약, 그 밖에 특산물을 판매한다.

5. 을은 아이스트롤의 피, 마석, 강철 원석, 약초, 가죽 등의 특산물을 판매한다.
  6. 장시는 3일에 한 번 개장하며 중립 지대로서 평화를 도모한다.
  7. 장시의 치안을 위하여 갑은 치안 유지군을 파견한다.
 …중략….
  15. 갑과 을은 신의로써 위 조약을 준수하며 위반 시, 장시는 폐지될 수 있다.

족장들은 대충 쭉 계약서를 훑어보았다.

언뜻 봐서는 별문제가 없는 것 같았지만 독소 조항이 있다.

첫 번째로는 장시를 렘버린 강 너머에 열어 영토 확장 효과를 도모하는 것이다.

제론이 대장벽을 건너 렘버린 강까지 권역에 넣는다면 비교적 안전하게 농지와 몬스터 사냥, 채집을 할 수 있었다.

이는 굉장한 이익이다.

지금껏 페로우 가문은 바바리안 놈들과 시도 때도 없이 전쟁을 벌이느라 장벽 너머로 영토를 확장한다는 생각은 못 했다.

하지만 이제, 장시를 평계로 새로운 장벽을 건설하여 영구적인 영토로 삼을 수 있는 것이다.

두 번째는 치안 유지군이다.

계약서상에는 제론이 치안 유지를 위한 병력을 파견한다고 했지, 바바리안 놈들의 병력을 받는다고는 명시되어 있지 않았다.

여차하면 제론 측에서 다 쓸어버릴 수 있다는 뜻.

다만 놈들도 바보는 아닌지라 라막 족장이 약간의 우려를 드러냈다.

"이렇게 되면 우리가 좀 불리한 것이 아닌가. 군대는 우리도 파견해야지 않나?"

"장시 자체가 페로우 영지의 출혈을 감수하는 것이야. 장담하는데 별일은 없을 거다. 이게 관철되지 않으면 나도 별수 없어."

"음……."

라막은 한참 생각에 잠겨 있다가 겨우 고개를 끄덕였다.

그들의 입장에서는 식량만 교환해 가면 문제가 없다고 본 것이다.

라막을 비롯한 족장들은 성질 급한 바바리안답게 한번 읽어 보는 것만으로 사인을 마쳤다.

제론은 진심으로 기뻐하며 외쳤다.

"자자, 1차로 밀 5만 포대 정도를 장시에서 거래할 생각이니, 돌아가서 너희들이 판매할 물자를 마련하도록 해라."

"오오! 5만이나? 정말이냐?"

"그럼. 나도 지도자인데 이런 중요한 자리에서 거짓말을 할까."

"화끈하구나!"

웅성웅성.

바바리안 진영에서 술렁거림이 일어났다.

밀 수십 포대 때문에 마을을 약탈하고 목숨을 걸었던 것이 엊그제이니 이것이 얼마나 많은 양인지 충분히 알 수 있었다.

계약은 완료됐다.

제론은 대장벽 앞까지 바바리안을 배웅해 주었는데, 놈들은 몇 번이나 고맙다고 인사했다.

가신들은 북쪽으로 쭉 올라가는 놈들의 뒷모습을 보며 웃었다.

"밀 1포대에 아이스트롤의 피 1리터라니! 실로 어마어마한 폭리입니다!"

"어허, 폭리라니? 우리는 정당한 대가를 받고 판매하는 것뿐이다. 우리도 땅 파서 장사하는 것 아니지 않나."

"흐흐, 그건 그렇죠?"

제론의 말에 가르시아 경의 입이 귀에 걸렸다.

다른 가신들도 마찬가지였다.

기본적으로 10배의 이상의 폭리는 예정된 것이었으니,

그들로 하여금 얼마나 많은 돈을 벌어들일 수 있을지 가늠조차 되지 않았다.

페로우 영지 남쪽.
어마어마한 규모의 상단이 영지의 경계를 넘어서고 있었다.
상단을 호위하는 병력만 300.
수많은 수레에는 밀이 가득 담겨 있었으며, 선두에는 하네스 백작가의 관료 로미드 준남작이 상단을 이끌고 있었다.
제론 페로우는 꾸준하게 공예품이나 진귀한 물건들을 하네스 백작에게 매각해 왔고, 오늘 그 대금을 정산하기 위해 영지를 찾은 것이다.
로미드 준남작은 어마어마한 속도로 발전하고 있는 페로우 영지를 보며 혀를 내둘렀다.
'이렇게 빨리 구획을 정리하다니. 게다가 수로? 라비탄 호수에서 바로 물을 끌어왔군.'
농지뿐만이 아니다.
마도구로 보이는 기중기로 거대한 돌을 끌어 올려 빠른 속도로 성벽을 쌓고 있었다. 또한 수많은 공사들이 병행되고 있다.
무엇보다 놀라운 것은 바로 영지민들의 반응이었다.
"거기 빨리빨리 못 하나!"
"지금 갑니다!"

"그렇게 굼떠서야 어찌 잘살 수 있겠나!"

"시정하겠습니다!"

산업의 현장이 아니라 마치 군대를 보는 것 같은 움직임이었다.

빨리 일하지 못해 안달이 난 사람들처럼 미친 듯이 성벽 위를 뛰어다녔다.

마을은 수리되고 있었으며, 심지어 농노들까지 일을 못해 환장한 인간들처럼 움직이고 있었다.

인간만 혹사를 당할까?

농사에 동원된 소도 힘겹게 밭을 가는 중이다.

잠시 넋 나간 사람처럼 페로우 영지를 구경하고 있던 로미드 준남작은 정신을 차리고 백작의 엄명을 상기했다.

[곧 있으면 페로우 남작이 바바리안과 교역을 시작할 거야. 대설원은 고급 포션의 원산지라고 해도 과언이 아닐세. 아이스트롤의 가죽이나 일부 약재, 특수 몬스터들의 사체는 부르는 것이 값이니 일정 거래량을 반드시 확보하도록 하게.]

[과연 페로우 남작이 순순히 그만한 독점 거래를 내놓겠습니까?]

[모르는 소리. 우리는 같은 파벌이고 이웃 아닌가. 페로우 영지 역시 북부에 속해 있으니 지분 확보는 크게 어렵지

않을 것이야.]

[아마 꽤 큰 대가가 들 겁니다.]

[돈을 긁어모을 수 있는 기회인데 대가가 문제겠는가? 자네가 판단하기에 적당하다고 생각하는 수준에서 가계약을 맺도록 하게.]

[실망시켜 드리지 않겠습니다!]

로미드 준남작은 이번 거래가 남작으로 올라갈 수 있는 기회라고 생각했다.

남작이 되면 작은 장원이나 영지 하나를 받을 수도 있을 것이므로 그는 내심 각오를 다졌다.

하네스 백작가의 깃발을 본 경비병들은 지체 없이 성문을 개방하였다.

로미드 준남작은 시도 때도 없이 페로우 영지를 방문하였기에 경비병들도 별다른 위화감 없이 통과시켜 주었다.

그리고 드러난 영지 내부.

"허."

가히 천지가 개벽한 것 같은 광경이 눈에 들어왔다.

깨끗해진 거리는 물론이고, 영지 내부를 완전히 뜯어고쳐 하루가 다르게 변화하고 있었던 것이다.

'지금 내가 뭘 보고 있는 거지?'

영주성 응접실.

제론은 하네스 백작의 가신 로미드 준남작과 마주하였다.

로미드는 처음 봤을 때보다 굉장히 공손해져 있었다.

이는 제론의 이름이 왕국 내에서 파다했기 때문이다.

공식적으로 랭턴 공작의 피후견인 지위를 획득하였고, 비공식적으로도 수많은 왕세자파 귀족들이 제론과 우호적인 관계를 맺고 있었기에 당연한 반응이었다.

"남작님을 뵙습니다. 요즘에는 어디를 가나 남작님의 이야기뿐입니다. 짧은 시간 안에 이만한 명성을 쌓으시다니, 실로 놀라울 따름입니다."

"과찬일세. 한낱 모래성과 같은 명성일 뿐이지."

"겸손하시군요."

제론과 로미드는 가볍게 인사를 주고받았다.

예전과 다른 것이 있다면 작위를 정식으로 이어받은 제론의 위계가 더 높았기에 존대가 하대로 바뀌었다는 것.

제론의 나이 10대 후반이었고, 로미드는 40대였지만 신분제 때문이라도 이 부분은 어쩔 수가 없었다.

"허험, 남작님. 이번에 바바리안과 교역을 맺는다고 들었는데 일 처리가 어찌 되었는지 여쭈어봐도 되겠습니까?"

"당연히 잘되었지. 내가 이토록 식량 수입에 신경을 쓰는 이유도 바로 교역 때문 아니겠나."

"과연. 실로 대단한 수완이십니다."

로미드는 입이 마르도록 제론을 칭찬했다.

그러나 제론은 그러한 싸구려 칭찬에 현혹되지 않았다.

로미드 준남작이 백작으로부터 어떤 특명을 받고 왔을지는 충분히 짐작되었던 것이다. 지금은 이권을 따져야 할 때였다.

거의 10분 동안 칭찬을 이어 가던 로미드 준남작이 본론을 꺼냈다.

"바바리안과 교역이 성사된 것을 다시 한번 축하드립니다. 최근 들어 고급 포션과 철제품, 고급 가죽의 가격이 꽤 올랐습니다. 특히 대설원의 제품들은 부르는 것이 값이지요. 독점 계약은 불가능하다는 사실을 알고 있으나 최대한 욕심을 내서 거래량을 확보하려 합니다."

"얼마나?"

"거래량의 30% 정도……."

톡. 톡. 톡.

제론은 검지로 테이블을 두드렸다.

로미드 준남작이 말하는 30% 수준의 거래는 그리 많은 양이 아니었다.

어차피 운하가 뚫리지 않는 이상은 백작령을 통해 수출해야 한다. 왕국 내부에 판매하는 물건도 마찬가지.

하네스 백작과의 친분을 생각하면 그 정도는 해 주는 것이 맞다.

다만 이렇게 뜸을 들여야 조금 더 유리한 조건의 계약을 체결할 수 있는 것이다.

"교역량의 30%를 부여하면 백작께서는 내게 무엇을 주실 수 있나?"

"무엇을 원하십니까?"

"세율과 특권 정도겠지."

로미드 준남작의 얼굴에 더욱 긴장감이 어렸다.

지금부터가 정면 승부였기 때문이다.

"세금의 10%를 감면해 드리겠습니다."

"조금 부족하지 않나?"

"시원하게 원하는 것을 말씀해 주시죠."

"수입되어 우리 영지로 들어오는 식량을 운반해 주게."

"예!? 하오나 그것은 제가 결정할 수 있는 것이 아닙니다. 수송에 드는 비용을 감안하면……."

"교역량의 40%를 부여하지."

"허어!"

로미드 준남작이 탄성을 내뱉었다.

대설원에서 들여오는 물건의 40%를 백작을 통해 매각한다?

성사만 되면 실로 어마어마한 이익이 예상되었다.

물론 이는 제론의 입장에서도 마찬가지.

'물류에 들어가는 비용은 상상 이상이지. 교역의 규모가 늘어날수록 더 많은 군을 동원해야겠지. 아직 우리 영지로서는 무리야.'

시대를 막론하고 물류에 드는 비용은 상상을 초월했다.

이 빌어먹을 중세에서는 온갖 위협들이 득실거리는지라 물류비를 아낄 수 있다면 상단의 이익은 수직으로 상승한다.

"식량이 들어올 때에 맞춰서 이쪽에서도 물량을 준비해 놓지. 상당히 고가가 될 텐데 겸사겸사라고 생각하게. 병력을 동원하는 김에 좀 더 동원하면 만사형통이지."

결국 로미드 준남작은 제론의 꼬드김에 넘어가고 말았다.

"좋습니다! 속 시원하게 계약하시죠!"

발전하고 있는 공방 거리.

허름한 대장간이 존재하고 있던 이곳에는 나름대로 최첨단(?) 설비들이 들어서고 있었다.

아직 고로까지는 완비되지 않았으나, 발전된 형태의 화덕이나 무기 대량 생산을 위한 주물이 완성되어 가고 있다.

건물도 빠르게 올라가고 있었으며, 대장간을 비롯하여 석궁이나 화살을 제작하는 공방도 바로 옆 동에 지어지고 있었다.

실로 괄목상대할 만한 변화다.

이곳에서 일하는 인부들은 구슬땀을 흘렸다.

이제 슬슬 가을로 접어드는 날씨였으나, 대낮에는 여전히 기온이 30도를 넘나든다.

제론은 건물이 한창 건설 중인 현장에 들러 총책임자인 강씨를 만났다.

"강 씨, 수고가 많군."

"자네 왔나? 하루하루가 천국과 같으니 수고라고 할 것도 없지."

강씨의 표정에는 충만한 행복이 넘쳐난다.

지상 목표였던 딸과의 재회도 이루어졌고, 타고난 공돌이로서 직업적인 만족도 있었다.

덕후에 가까운 집중력을 보이는 강씨에게 있어 자신이 진두지휘하고 발전시켜 나가는 공방의 완성은 인생의 목표를 이루어 나가는 것이나 다름없었다.

요즘 강씨는 잠조차 줄여 가며 일하는 중이었다.

세론은 강씨와 힘께 공방을 둘러보며 물었다.

"뭐 부족한 것이 있으면 언제든 말하게. 힘이 닿는 데까지 돕지."

"이만하면 충분해. 나는 일생에서 가장 행복한 시간을 보내고 있다네. 이런 환경을 만들어 준 자네에게 어찌 보답을 해야 할지 헤아릴 수가 없을 지경이야."

"보답은 필요 없네. 그저 자네가 하고 싶은 일을 해. 그것만으로도 내게는 충분한 도움이 되니까."

"그리 말해 주니 고맙군!"

강씨의 눈동자가 강렬한 의지로 활활 타올랐다.

하루라도 빨리 망치질을 하고 싶어 손이 근질거리는 모양이었다.

공방 한쪽에서는 석궁 제작이 한창이다.

보급형 석궁으로, 곧 있으면 붉은 오크를 정벌해야 하기에 엄선된 인력으로 각 부품들을 제작하고 있었다.

보급형이라지만 기계식 석궁이었기에 철저하게 기밀을 유지해야 했다.

이에 강씨가 선택한 작업 방식이 바로 분업이었다.

공방 기술자들에게는 한 가지 부품들만 만들게 하였고, 그걸 조립하는 것은 강씨 부녀의 몫이었다.

인부들이야 설계도가 없는 이상, 어떻게 조립하는지 알 수 없으니 나름 보안에 신경 썼다고 할 수 있다.

"허험, 강 씨. 한 가지 부탁이 있는데 말이야."

"부탁? 우리 사이에 부탁은 무슨. 그냥 명령하시게."

제론은 지금도 미친 듯이 일만 하는 강씨에게 또 다른 부탁을 한다는 것에 영, 입이 떨어지지 않았다.

그래도 영지의 발전을 위해서는 반드시 필요한 일이다.

"포션 공장이 필요하네."

"포션 공장? 내 전문이 아닌 것 같은데."

"그건 기술자들이 따로 있어. 자네가 해야 하는 일은 건축이지. 이 시대 사람들은 아무래도 건축 기술이 떨어지거든."

"그런 것이라면 걱정 말게! 인력이 풍부하니 뚝딱이지."

강씨의 말대로 영지의 노동력은 현재 넘쳐흐르고 있었다.

레비온 자작으로부터 노예 1천을 수급했고, 대량으로 식량을 풀어 여전히 영지민을 고용하는 중이었다.

새 영지 운동의 효과 때문인지 다들 '빨리빨리'를 입에 달고 살 만큼이나 기민하게 움직였으니, 건물 하나 짓는 것은 일도 아니다.

제론이 강씨에게 원하는 것은 건물을 지어 올리는 그 기술력이었다.

공장에서의 볼일을 끝내고 제론이 다른 현장으로 가려는데, 강씨가 궁금증을 참지 못하고 물었다.

"한데, 포션은 어찌 만드는가? 나도 싱처가 나는데 발라 봤더니 효과가 끝내주더군. 어쩌면 개량을 할 수 있을지도 몰라."

"개량?"

"그냥 살짝 손보는 수준이라면?"

"자네, 화학에도 조예가 있었나?"

"알지 않나. 그 망할 놈의 세상에서 살아가다 보면 이런 저런 일에 손을 대게 되지."

제론의 눈이 반짝였다.

강씨는 그저 개량의 여지가 있는지 한번 보겠다는 뜻이었지만, 전혀 단순한 개량처럼 들리지가 않았기 때문이다.

이틀 후.

영지 일에 전념하고 있던 제론에게 바바리안으로부터 연락이 왔다.

"벌써 준비가 끝났다고?"

"그, 그렇다! 대, 대설원에서 소식을 듣고 많은 바바리안, 내, 내려왔다."

바바리안 전령이 더듬거리며 대륙 공용어를 구사했다.

놈의 말에 의하면 정착지에 살고 있던 바바리안들이 그들의 근거지인 대설원에 소문을 냈다.

왕국 측에서 식량과 자신들의 특산물과 교환을 한다고.

이 소문을 들은 바바리안들은 부리나케 물자들을 준비하기에 이른 것이다.

그 양이 얼마나 될지는 모르겠지만, 이번에 들여온 식량 10만 포대 중에서 5만 포대는 써야 할 것 같았다.

전령의 말에 카인 경은 기쁨을 감추지 못했다.

10배 이상의 폭리가 예정되어 있으니, 영지에 엄청난 돈이 돌 것이었기 때문이다.

"정말 좋은 소식이군요! 식량은 이미 준비가 끝났습니다!"

"벌써?"

"예! 앞으로 한 달 이상, 임금에는 지장이 없습니다. 2차 식량 또한 일주일 후에 도착하기로 하였으니 꾸준하게 바바리안과 거래할 수 있을 것입니다."

제론은 카인 경의 말에 고개를 끄덕였다.

지금 바바리안들은 엄청난 양의 아이스트롤 사체를 준비해 두었다고 한다. 어차피 놈들에게는 남는 것이 아이스트롤 사체였고, 밖에 둔다고 해서 썩는 것도 아니다.

여러 가지 약초와 마석까지 준비해 두었다고.

'마석이라니. 대박인데?'

마석을 바바리안의 말로는 '신비한 돌'로 불린다.

대설원 쪽의 마나가 내륙보다 높다는 말은 들었는데, 하급 마석은 풍부한 것 같았다.

마석은 포션의 원료다.

마나의 고갈로 질 좋은 마석은 나오지 않는 것이 현실이었지만, 하품질 마석만 있어도 고급 포션의 재료가 된다.

마석을 가루로 만들어 포션과 섞으면 효과가 증폭되는 원리다.

여기에 항응고제와 방부제 역할을 하는 만드라고라 뿌리

를 섞어 몇 가지 처리 과정을 거치면 고급 포션이 완성되는 것이다.

"내일 오전에 바로 거래한다."

"좋다! 족장들에게 전하겠다!"

소식을 전하는 바바리안 전령의 얼굴에도 화색이 돌았다.

다들 식량이 없어 죽을 지경이었는데, 바바리안들의 입장에서는 별 쓸모도 없는 아이스트롤의 사체와 돌멩이 따위로 식량을 구할 수 있었으니 남는 장사라 생각하는 것이다.

제론은 바바리안 전령을 보낸 후 바로 제임스 경과 제널드 경을 호출했다.

"찾으셨습니까, 영주님!"

"경들은 지금 바로 기사단과 병력을 소집해라. 최소한 기사단 20명과 병사 200명을 준비해야 할 거야."

"예!"

장벽 너머 평야 지역.

가을 초입에 들어가고 있었으나 벌써 이곳은 살얼음이 얼기 시작했다.

꼬박 하루를 가야 렘버린 강에 닿을 수 있다.

수레들을 가지고 이동한지라 시간이 걸린 것이었지만,

그만큼 영토가 확장되었다는 것을 의미했다.

제임스 경은 드넓게 펼쳐진 평야를 보며 혀를 내둘렀다.

"대장벽 너머의 이 넓은 땅이 영지 소유라니. 손도 안 대고 영토를 확장했다는 사실이 믿기지 않습니다."

"그래 봐야 사람이 살지 않는 황무지일 뿐이지."

"언젠가 바바리안 놈들을 흡수한다면 이곳도 개척되지 않겠습니까."

"장기 프로젝트로는 가능하겠지. 경들이 해야 할 일은 어떻게 하면 저들을 간접적으로 지배할 수 있을지 책략을 구상하는 것이다. 본격적인 흡수는 간접 지배가 가능해진 이후에 진행해야지."

기사들은 비장한 각오로 고개를 끄덕였다.

바바리안은 페로우 영지에 항상 골칫덩이였다.

무식한 놈들이 툭하면 약탈을 위해 내려오니 손실이 이만저만이 아니었던 것이다.

힘에서 만큼은 기사를 능가하는 수준이었으니, 차라리 흡수하여 쓰는 것이 나을 것 같았다.

이를 위해 제론은 큰 그림을 그렸다.

이번에 제론이 추진한 계획은 바바리안의 땅인 대설원을 식민 지배하는 것.

식량을 주고 값비싼 물건들을 헐값에 들여올 계획이었으

니, 이것이 곧 식민지다.

모직 공방이 완성되면 놈들에게서 수입한 가죽이나 동물의 털을 이용해 면직을 만든 후 수출할 수도 있다.

'식민지가 별것 있나.'

바바리안 놈들이야 자신들이 착취를 당하고 있는지도 모르겠지만, 제론을 비롯한 가신들은 놈들의 등을 친다고 여겼다.

영지군이 렘버린 강까지 이동하는 하루 동안, 야외에서 노숙을 하고 다음 날 오전이 되어서야 목적지에 도착했다.

강가는 얼어서 충분히 발을 디딜 수 있지만 강 중심은 깊어 아직 얼지 않았다.

바바리안들은 교역을 위하여 임시 다리까지 만들어 놓은 후 아군을 기다리고 있었다.

"허, 참. 원시적인 문명을 가진 녀석들이 다리는 잘 만드네."

"대설원에서 넘어오려면 항상 렘버린 강을 거쳐야 하니, 기술이 발달한 것이 아니겠습니까?"

"결국 약탈을 위해 다리를 건설하는 기술이 발달했다는 건가."

"그렇지요."

제임스 경의 설명이었다.

얼마나 오매불망 기다렸는지, 놈들은 아예 이동식 천막

을 치고 대기 중이었다.
 천막 앞에는 은빛 털을 가진 아이스트롤들이 수도 없이 쌓여 있었다.
 그뿐이랴?
 마석도 무더기로 쌓여 마나가 흘렀으며, 만드라고라 뿌리와 각종 약초들도 다발로 널려 있었다.
 제론이 보기에는 전부 눈이 뒤집힐 정도로 고가의 물건들이었지만, 바바리안들은 아무것도 아니라는 듯 방치해 두고 있는 것이다.
 다리를 건너기 전에 제론은 엄명을 내렸다.
 "다들 침착해라. 우리가 등쳐먹는다는 기색을 보여서는 안 된다. 병사들에게도 전달해."
 "단단히 이르겠습니다!"
 임시 다리를 통해 대량의 식량이 강 너머로 옮겨졌다.
 지금은 이런 식으로 3일에 한번 거래를 하겠지만, 추후에는 상시적으로 장을 열어 필요한 물건들을 교환하게 될 것이다.
 제론은 며칠 전 보았던 족장들과 마주하였다.
 "또 보는군."
 "기다리다 눈 빠지는 줄 알았다."
 "그랬나? 기다린 만큼의 보람은 있을 것이다."
 "협상은 누가 하나?"

"여기 레일라 경이 할 것이다."

"흠, 여자인가."

"우리 왕국은 여자도 위대한 전사가 될 수 있거든."

바바리안들은 썩 내키지 않는다는 표정이었지만, 사실 이건 놈들이 상관할 바가 아니었다.

바바리안들이 무시를 하거나 말거나 레일라 경은 특유의 차가운 표정으로 협상을 해 나갔다.

"아이스트롤 한 마리를 밀 한 포대와 교환한다. 빛나는 돌1개에 밀 한 포대로, 나머지 약초들도 마찬가지다."

"……!"

레일라 경은 표정도 변하지 않고 폭리를 취하겠다고 선언했다.

그걸 또 족장들은 한참 고민하는 기색이었다.

제론과 가신들은 표정 관리를 하느라 바빴다.

'마석을 하나에 밀 한 포로 교환해? 과연 그게 먹힐까?'

협상 당사자인 레일라 경을 제외한 모든 사람들은 필사적으로 미소가 지어지는 것을 참고 있었다.

지금 레일라가 하는 일은 시세를 정하는 것이다.

이번 거래가 장시에서 거래되는 가격으로 정해질 것이니, 그 무엇보다 중요한 작업이라 할 수 있었다.

이런 순간에 웃으면 산통이 다 깨진다.

족장들은 잠시 더 고민을 하더니 말했다.

"정말 그래도 되겠나?"

"문제 있나?"

"너무 우리 측에 유리한 조건이 아닌가 싶어서."

이쯤 되자 레일라 경의 눈동자도 가늘게 떨렸다.

그러나 그녀는 포커페이스를 유지했다.

"적정선에서 협의를 하도록 하지."

"좋다!"

제론과 가신들은 그 광경을 보며 쾌재를 불렀다.

'저런 호구 새끼들을 봤나!'

협상은 순식간에 타결되었다.

보통, 협상이라고 하면 최소한 몇 시간에서 심하면 며칠을 끌기 마련이다.

하지만 이 무식한 놈들은 어떤 식으로 거래를 하더라도 자신들이 이익이라고 생각했다.

바바리안들은 아이스트롤을 쓸모없는 생명체라 여겼는데, 이는 가죽 세공 기술이 형편없었기에 생긴 인식이다.

아이스트롤 가죽은 재단을 하기가 극히 까다로웠고, 바느질도 힘들었다.

몬스터 가죽을 사용하려면 특수하게 열처리를 해야 했고, 이는 상위 몬스터로 갈수록 과정이 더 복잡해진다.

이런 이유로 바바리안들은 동물 가죽을 선호하는 것이다.

아이스트롤의 피도 마찬가지다.

이것이 포션의 원료라는 것은 어느 정도 알고 있었지만, 배합하는 방법을 알지 못했고 그런 기술력도 없었다.

상황이 이러하니 아이스트롤은 그냥 몬스터의 사체일 뿐, 가치 있는 물건이 아니었다.

마석은 어떨까?

마나를 사용하는 기술들의 쇠락은 바바리안들에게도 마찬가지였다.

고대에는 바바리안들도 문신을 사용한 주술이 성행했다는데, 지금은 장식으로만 쓰일 뿐이다.

이 때문에 마석 역시 푸른빛을 내는 돌일 뿐, 별다른 의미를 두지 않는 것이다.

그들이 가져온 다른 여러 가지 물건들도 죄다 기술력이 부족하여 사용하지 못하는 것들이었다.

"정말 무식한 놈들이야."

"……덕분에 협상이 수월하였습니다."

"고생했다."

"아닙니다. 이토록 손쉬운 협상에 치하를 받을 이유는 없다고 사료되옵니다."

레일라는 진심을 담아 말했다.

바바리안을 등쳐먹는 것보다 쉬운 일은 없다고.

족장들은 꽤 똑똑하다고 생각했는데, 그런 것도 아닌 모양이다.

제론은 오늘의 협상으로 대략적인 시세를 정했다.

아이스트롤 한 마리는 밀 한 포대, 마석은 1.5kg에 밀 한 포대, 강철 원석은 1:50 비율이다.

약초는 종류에 따라 달랐지만 대략 1:1 배율로, 밀 한 포대만 있으면 어마어마한 양을 가져올 수 있었다.

이만하면 거의 갈취 수준인 듯싶었다.

웅성웅성!

물론, 밀은 없어서 못 팔 지경이었다.

"우리 검은 곰 부족이 먼저 왔으니 양보해라!"

"흥! 녹색 안개 부족이 먼저 왔다! 그러니 꺼져라!"

"어디 한번 해 보자는 거냐!"

"죽고 싶냐!"

"오오! 싸워라! 싸워라!"

"……."

여기저기서 주먹다짐이 일어났다.

제론은 치안 유지를 위해 데려온 병력을 바로 투입해야 하는 것 아닌지 고심했다.

교역장은 난장판이 따로 없었으며, 바바리안들은 하나라도 더 밀을 차지하기 위하여 난리 법석을 떨었다.

제론은 바바리안 전사들이 치고받아 피가 난무하는 광경을 보며 라막 족장을 불렀다.

"오, 친구! 무슨 일인가?"

"족장, 지금 꼴이 말이 아닌데 이래도 되는 걸까?"

"허허허! 그냥 두게. 원래 애들은 다 싸우면서 크는 거야."

"아니, 싸우는 정도가 말이야. 코가 주저앉고 시퍼렇게 멍이 들고 피가 튀는데?"

"그거야 우리 바바리안들에게는 훈장과 같은 거라네! 오히려 상처 하나 없는 것이 이상하지. 코가 좀 주저앉으면 어떤가? 회복될 걸세."

"그, 그런 거냐?"

"우리는 전투 민족이니, 싸우지 않으면 삶의 의미가 없다."

그 말을 강씨에게 들은 제론과 가신들은 어처구니를 상실해 버렸다.

'뭐 이런 미친놈들이 다 있지?'

'화해 무드로 갈 잘했군. 매일 싸웠으면 피해가 상상을 초월했을 거야.'

전장에서 죽는 것을 영광으로 아는 인간들이었다.

싸움은 전장에 나가기 전에 실력을 다지는 일이라 생각하여, 매일 일어나는 일상이었고 그들에게는 인사나 마찬가지였다.

제론과 가신들의 반응을 보던 라막 족장이 씩 웃었다.

"애들 싸움에 관여하지 말게."

"그러다 죽으면?"

"흔한 일이니 상관없네. 자네들은 싸움이 아니라 다른 부분만 신경을 써 주면 돼. 일종의 문화 차이라고 할까?"

"와, 한 방 먹었네."

제론은 감탄을 내뱉었다.

막장처럼 보여도 문화 차이로 이해하라는 뜻이다.

제론은 크게 고개를 끄덕였다.

"싸우는 거야 그냥 넘어가지. 우리가 다치는 것도 아니고. 그보다는 각 부족에서 조금이라도 밀을 더 확보하기 위해 난리 치고 있으니 그거나 정리해야겠어. 사람들을 모아 주게."

"그러지."

"위대한 전사들아! 우리들의 친구가 할 말이 있단다! 그만 싸우고 모이거라!"

"오오! 친구가 부르면 가야지."

조약을 마치고 정말로 장시를 열어 밀을 판매하기 시작하자, 바바리안들은 페로우 영지 사람들에게 친근함을 표시했다.

친구가 되었다는 증거로 크로스 파이브(?)를 하기도 했다.

제론이 목소리를 가다듬고 소리쳤다.

"이번에 총 12부족이 왔나?"

"그렇다!"

"그럼 각 부족마다 4천 포대씩 배분하자고."

"우리 부족은 사람이 더 많은데?"

"3일 후에 또 장시가 열리니 그때 더 사 가면 되는 것 아닌가. 너희들은 돌아가서 교역품으로 사용할 수 있을 만한 물건들을 많이 구하는 것이 좋을 거야. 우리는 밀이 많은데, 너희들은 한정되어 있잖아? 설마 오늘 하루 장사하고 치울 생각은 아니겠지?"

"그럴 리가!"

제론의 말에 바바리안들이 정신을 차렸다.

각 부족에서는 쓰레기처럼 굴러다니던 아이스트롤 사체나 마석들을 닥치는 대로 끌어모아 왔다.

하지만 제론의 말을 듣고 보니 앞으로 공급 물량이 부족할 수도 있겠다는 생각이 든 것이다.

이 단순 무식한 놈들도 이러한 사실을 깨달았다.

자연스럽게 싸움이 잦아들었다.

바바리안들은 쿨하게 인정하더니 각자 배분된 양에 따라서 밀을 가져갔다.

"거참, 단순한 건지 순진한 건지."

"둘 다인 것 같은데요?"

이런저런 해프닝이 있었지만 교역은 성황리에 마무리되었다.

저녁 무렵, 제론은 막사 안에서 오늘의 교역 수익에 대해 보고를 받았다.

"총매출액은 80만 골드로 예상됩니다."

"80만!?"

"허어! 교역 한번으로 이렇게까지 벌어들이다니. 신기록입니다!"

재무관 카인 경은 놀람을 넘어 뒤로 자빠지기 일보 직전이었다.

얼마나 흥분을 했는지 슬쩍 코피까지 났다.

매일 가난에 시달리던 영지가 최근 들어 엄청난 자금을 벌어들이더니, 지금은 절정에 이른 것이다.

재무 관료들이 이렇게 나오는 것도 무리는 아니었다.

"우리가 밀 한 포대를 얼마에 매입했지?"

"80실버입니다."

"그럼 원가가 4만 골드라는 건데."

"대략 20배 수익이지요."

미친 수익률이었다.

제론이 지구에서 가져오는 물건들도 대충 10배에서 20배 정도의 수익이 나긴 했지만, 바바리안과의 교역은 규모에서부터 차원이 달랐다.

지구에서 가져오는 물건은 소량이었지만, 바바리안과의 교역은 대량이다.

라막 족장의 말을 들어 보면 대설원 바바리안의 땅에는 간을 보는 족장들이 많다고 한다.

제대로 교역이 되었다는 것을 증명한다면, 다음에는 수많은 부족들이 몰릴 것이라고.

앞으로 발생할 교역은 수익만 높은 것이 아니었다.

기사들은 다른 부분에서도 큰 성과를 얻었다고 평가했다.

"영주님, 오늘 교역으로 바바리안들의 대략적인 규모를 알 수 있게 되었습니다. 대설원에 대략 50만 이상의 바바리안이 살아간다고 하더군요."

"50만!"

약간 과장이 있다고 해도 엄청난 숫자였다.

여기서 추산되는 병력만 5만 이상.

대설원에도 자급자족을 하는 자들이 많았고, 아튼 왕국 방향이 아닌 사방팔방으로 약탈을 다녔기에 페로우 영지의 피해가 적었던 것이다.

제임스 경의 말에 가신들의 몸이 얼음처럼 굳어졌다.

"교역권을 따내지 않았으면 큰일이 날 뻔했군."

"그렇게 말입니다."

피가 차갑게 식는 느낌이다.

지금껏 나름 선전했다고 자부하지만 막상 뚜껑을 따 보니 바바리안의 규모가 상상을 초월했다.

대설원에서 아툰 왕국까지의 거리가 멀어 대규모 침공이 없었던 것뿐이다.

만약 놈들이 아툰 왕국 쪽으로 계속 남하하여 자리를 잡기 시작했다면, 5년 안에 대규모 전쟁이 터졌을 수도 있다.

기사들의 얼굴이 하얗게 질렸다.

"이만하면 왕실에 장계를 보내야 하는 것 아닙니까?"

"그럴 필요가 있을까?"

"예?"

"대설원이 생각보다 더 넓고, 바바리안도 많다는 사실은 이번 기회를 통해 알아냈다. 하지만 그래서? 우리는 더욱 많은 수익을 낼 수 있게 됐지. 괜한 긴장감을 조성하여 황금알을 낳는 거위의 배를 쨀 필요는 없다."

"듣고 보니 타당한 말씀이십니다. 어차피 대설원과 아툰 왕국까지는 거리가 있어 쉽게 못 쳐들어오니 계속 교역해서 수익을 보자는 뜻이군요?"

"그렇지. 놈들을 용병으로 사용하기도 하고."

제론은 이 자리에서 방침을 잡아 갔다.

바바리안과는 지속적으로 교역하여 수익을 창출해 내는 것.

삼각 무역을 통해 막대한 부를 축적한 후에 영지를 발전시켜 나간다면, 제론의 대에 자작이 아니라 백작으로까지 승작이 가능할지도 모른다.

야심한 밤.

제론은 지구로 넘어가기 위한 준비를 서둘렀다.

바바리안들과의 교역도 끝났고, 장벽 너머로 영토를 확장하는 기염을 토했다. 그것도 모자라 지속적인 수익이 예정되어 있었다.

지난 며칠 동안은 진군을 하느라 꽤 지쳐서 지구로 넘어갈 생각을 못 했지만, 오늘은 힘이 남아돌았다.

오전에 도착하여 오후까지, 크게 무리를 하지 않았기 때문이다.

휘이잉!

펄럭! 펄럭!

북부에 감돌기 시작하는 추위.

낮에는 꽤 더웠지만, 저녁에는 쌀쌀해져 밤에는 추운 전형적인 가을 날씨다.

그럭저럭 지구와 기온이 맞아 들어가지 않을까 싶었다.

제론은 배낭을 확인하며 필요한 물건들을 넣었다.

하루치 식량과 침낭, 1인용 텐트, 로프, 손도끼, 저격총에 이르기까지.

제론은 모든 준비를 마치고 차원의 문을 열었다.

츠츠츳.

투명하게 보이는 반대편 공간.

반쯤 털려 있는 강씨의 임시 거주지가 보였다.

쿨렁!

제론은 바로 포탈을 넘어 지구로 돌아왔다.

"후욱."

매서운 추위가 훅 밀려들어 왔다.

카렌 대륙이 가을에 접어들고 있었으니 지구의 날씨도 좀 풀려야 정상인데, 온도계를 보니 영하 10도를 가리키고 있었다.

"이게 진짜 지구의 날씨인가."

인간이 사라지고 완전히 몸(?)을 회복한 지구는 정확한 날씨의 변화를 보이고 있었다.

지금이 2월 초였기에 좀 더 시간이 지나야 확실한 온도 변화가 일어날 것이다.

제론은 온열 난로를 켜고 커피포트에 물을 올렸다.

조금씩 실내가 따듯해지기 시작하자 커피 한잔을 마시고 수련에 들어갔다.

목표가 확실하다고 해도 지구에서 한 시간 수련한다는 기조는 바뀌지 않았다.

막대하게 밀려오는 마나의 파도.

제론은 마나 로드를 타고 흐르는 마나를 느끼며 오늘 할 일에 대해 생각했다.

현재 영지는 붉은 오크 토벌을 위해 한창 준비 중에 있었다.

훈련도 마무리에 들어갔으며, 강씨는 때에 맞춰 무기를 보급하기 위해 안간힘을 썼다.

그렇다면 목적지는 하나일 수밖에 없다.

어느 생존자의 일기에서도 확인이 됐고, 강씨의 증언으로도 석궁 20자루가 쉘터에 남아 있다고 한다.

그 밖에.

'석궁 이외에 쓸 만한 무기들이 더 있을지도.'

제2장
빌어먹을 세상

휘이잉.

옥상으로 올라오자 칼바람이 몰아쳤다.

제론은 자신도 모르게 옷깃을 여몄다.

방한을 철저하게 하고 왔지만, 그래도 추운 것은 어쩔 수가 없는 일.

특히나 귀가 떨어져 나갈 것만 같았다.

귀마개를 하면 좋겠지만 이동 중 오감에 집중하기 위해서는 최대한 귀를 열어 두는 편이 좋아서 하지 않았다.

멸망한 지구에 들어왔으니, 가장 먼저 해야 할 일은 주변을 살피는 일이다.

혼자서 변이체 한 마리 정도는 쉽게 상대할 수 있을 정도로 제론의 실력도 성장하였지만, 진화체 두 마리가 한꺼번에 공격하면 굉장히 고전할 수밖에 없었다.

첫째도 안전, 둘째도 안전을 머릿속에 박아 놓고 있어야 하는 것이다.

제론은 먼저 맨눈으로 농공 단지 내부를 살폈다.

"……."

황량한 거리에는 을씨년스러운 바람과 함께 썩어 부스러진 낙엽만 굴러다녔다.

적의 흔적은 없었지만 혹시 몰라 망원경을 들어 흔적을 찾아봤다.

지구에서는 변이체들뿐만이 아니라 사람도 조심해야 한다.

친절한 얼굴로 뒤통수를 때리는 곳이었으니, 살아 있는 생명체 전체를 경계해야 했다.

반쯤 무너진 펜스, 여기저기 이어져 있는 핏자국, 반파된 가게들까지.

제론이 카렌 대륙에서 생활하는 동안 생존자가 여기까지 들어오지는 않은 모양이었다.

이제야 제론은 1층으로 내려와 함정의 밭을 지났다.

여기서도 신경을 집중해야 한다.

수많은 함정들이 깔려 있는 만큼이나 발이라도 한번 잘못 디디면 골로 간다.

제론은 좁은 골목을 나와 자전거 안장에 배낭을 실었다.

촤르륵. 촤르르륵.

자전거 페달 굴리는 소리만 요란하다.

끔찍하리만큼 고요한 땅.

바람 소리가 아니었다면 이곳이 지구라는 사실조차 잊었을 것이다.

제론이 향하는 곳은 농공 단지와 연결된 뒷산이었다.

강씨의 임시 거주지 옥상에서 주변을 둘러보는 것만으로는 안심이 되지 않는다.

이곳에서 도주했던 진화체 두 마리가 주변을 배회하고 있을지도 모를 일이고, 놈들이 사라졌던 원룸촌도 한번 확인해 봐야 했다.

등산로 역시 싸늘한 바람만 가득했다.

전망대까지 등산로가 쭉 이어진다. 자전거를 타고 가기에 그리 가파르지 않은 경사다.

제론의 체력은 지구에서 살아가던 시절에 비할 바가 아니었고, 최근 들어 마나까지 얻으면서 어마어마하게 지구력이 상승하였다.

자전거 페달을 힘껏 밟으며 오르막길을 올라가고 있음에도 별로 숨이 차는 느낌은 들지 않았다.

바삭!

날씨가 건조한 탓인지 낙엽들이 자전거 바퀴에 깔려 스산한 소리를 냈다.

10분이 채 되지 않아 도착한 전망대.

제론은 자전거를 전망대 아래 놓아두고 올라와 주변을 살폈다.

생존자나 변이체의 기척은 느껴지지 않았다. 이 부근에 생명체가 있었다면 확장된 기감으로 단번에 알아차렸을 것이다.

제론은 조금 안심을 하고 망원경으로 원룸촌부터 확인했다.

-끼에에엑!

그 순간, 어디선가 들리는 찢어지는 듯한 괴성.

변이체의 괴성에는 상당한 양의 마나가 들어 있었다.

분명히 이건 변이체의 사자후다.

그중에서도 진화체라 불리는 발전된 개체.

괴성은 원룸촌에서 흘러나오고 있었다.

콰과광!

건물이 부서지는 소리가 선명했다.

변이체 네 마리가 각축을 벌이고 있었다.

제론은 어처구니없다는 듯이 그 광경을 바라봤다.

"이 새끼들은 아직도 싸우네."

말라깽이 한 마리와 근육 돼지 한 마리가 짝을 이루어 다른 편을 공격하고 있었다.

양측은 막상막하의 실력을 가지고 있어 좀처럼 승부가

나지 않았다.

사방에 검은 피가 튀었으며, 놈들은 원룸촌 전체를 박살 내려는 듯이 싸우고 있었다.

변이체는 신경 쓸 필요가 없다.

최소한 이 부근에는 변이체가 없다는 사실을 알았으니 마음이 조금 편해졌다.

촤악!

제론은 지도를 펴 들었다.

서산 전도로 음양면 부근 산속이 붉은 사인펜으로 표시되어 있었다.

이곳이 바로 강씨가 말했던 쉘터다.

제론은 쉘터에 도착하기만 하면 석궁을 비롯한 여러 가지 부품을 구할 수 있을 것이라는 말을 들었다.

굳이 석궁이 아니더라도 방문할 필요가 있다는 뜻이다.

강씨는 쉘터에 대해 설명할 때, 워낙 산속 깊은 곳에 자리하고 있어 인적이 드물고 변이체도 도시로 다 나갔기에 안전할 것이라는 말도 덧붙였다.

운이 없으면 쉘터를 누군가가 점령하고 생활할 수도 있었지만, 그럴 가능성은 낮다는 것이다.

제론은 지도와 실제 도로를 확인하며 망원경으로 쭉 훑었다.

타다다당!

그때였다.

총소리가 들린 것은.

"미친 인간들인가?"

소리가 흘러나오는 곳은 시내 쪽이었다.

그들은 변이체들을 끄집어내듯 개조한 트럭에서 밖으로 총을 마구잡이로 쏘며 이동하고 있었다.

4인조 그룹이었으며 차량 내부에는 뿌연 연기로 가득했다.

"그래, 뭔가에 취하지 않고서야 저럴 수는 없지."

아무리 세상이 망했어도 총알도 잘 박히지 않는 변이체를 몰고 다닌다?

결코 제정신으로 할 수 있는 짓은 아니다.

혀를 끌끌 차고 있던 제론은 이게 꼭 나쁜 일이 아니라는 사실을 깨달았다.

시내에는 유진 산업이 있다.

오프린 밀 농장에서 열쇠를 발견했고, 농장과 연결된 회사 지하에는 어마어마한 양의 식량 창고가 잠자고 있었다.

거길 털어 낼 수 있다면?

그만한 노다지가 없을 것이다.

웬 미친 인간들이 변이체들을 몰고 나와 준다면 제론으로서는 그보다 고마울 수가 없는 노릇이었다.

저런 짓을 벌이는 놈들도 도심을 털기 위해 외부로 적들을 유인하는 것일 수도 있다.

타다다당!

다시 한번 들리는 총소리.

변이체들은 괴성을 지르며 트럭 뒤로 수십 마리나 붙었다.

하지만 변이체가 아무리 빨라 봤자 차량을 쫓아가지는 못한다.

차량의 눈앞에 변이체가 튀어나오기도 하였지만, 놈들은 이리저리 차량을 틀어 가며 변이체들을 몰았다.

"저런 짓을 할 정도면 집단이라고 봐야 하는데."

어쨌든 나쁜 일은 아니다.

놈들은 서쪽으로 변이체들을 몰고 가고 있었다.

제론은 동쪽으로 향하려는 것이었으니 상관없는 일이다.

제론은 지도를 집어넣었다.

"한 시간이면 도착하겠군."

직선으로 20km 거리.

도로를 타고 이동한다면 한 시간 만에 쉘터가 위치한 산 아래까지는 도착할 수 있을 것이다.

좌륵! 좌르르륵!

도로에 페달 굴러가는 소리가 요란했다.

간헐적으로 들리던 총소리가 멎은 지 30분이 지났다.

이 부근에 있던 변이체들은 모조리 끌고 간 것으로 보였지만 그래도 조심해야 한다.

위협이라는 것이 꼭 변이체만 해당되는 것은 아니었으니까.

제론은 주변에 신경 쓰면서도 이런저런 생각을 했다.

지금 상황에서 제론에게 가장 필요한 것은 2서클 마법이었다.

1서클 마법만 해도 상당한 위력을 발휘한다.

듀얼 캐스팅을 할 수 있었기에 그 효용성은 상상을 초월할 지경이다.

제론이 만약 2서클에 올라선다면?

지금보다 효율이 두 배는 될 것이고, 진화체와 붙어도 밀리지 않을 자신이 있었다.

2서클에 오르려면 서클을 분화해야 한다.

얼마 전 제론은 심장에 실드를 펼치고 쪼개려 하였지만 실패했었다. 그 이유라면 실드가 그만큼 견고하지 못했다는 데에 있었다.

"듀얼을 넘어 트리플 캐스팅으로 실드를 펼쳐야 하나?"

제론 스스로 생각해도 그럴싸한 가설이었다.

서클을 분화하려 시도하면 어마어마한 압력이 가해지니 실드를 치는 것이다.

실드 하나로 안 되면, 두 개로. 그래도 안 되면 세 개를 친다.

트리플 캐스팅까지 했음에도 안 된다면 하네스 백작에게 도움을 받거나 쿼드 캐스팅으로 가야 한다.

열심히 수학을 공부하고 있는 제론이었지만, 쿼드 캐스팅은 무리가 있다고 여겨졌기에 백작을 찾는 것이 더 빠른 방법 같았다.

'백작을 만나 도움을 받는다면 까무러칠 것 같은데. 시기를 받을 수도 있는 일이고.'

충분히 신빙성이 있는 생각이다.

제론이 랭턴의 피후견인이라고 해도 마법적으로 그렇게까지 앞서 나가면 백작도 질투를 느끼지 않을까?

물론 하네스 백작은 꽤 대범한 사람이니 웃어넘길 수도 있었다.

타다다당!

이런저런 생각을 하며 목적지로 향하던 제론은 제법 가까운 곳에서 총소리가 들리자 바로 길을 벗어났다.

아까 그 미친놈들이 여기까지 변이체를 끌고 오는 걸까?

"하, 이 씨발 새끼들. 와도 하필 이곳으로."

제론은 자전거를 숲에 대충 처박아 놓고 산 중턱으로 단숨에 뛰어 올라갔다.

총소리가 지속적으로 가까워지는 것을 봐서는 제론이 타고 가는 국도를 지나갈 것 같았다.

단순히 차량만 지나가는 것이라면 이렇게까지 조심하지

않아도 되지만, 문제는 변이체들이었다.

"이게 뭐 하는 짓이지? 서쪽으로 향했던 것 같은데."

변이체 수십 마리가 우르르 이 앞을 지나간다면 좋지 않은 일이다.

서산 외곽에 변이체들이 우글거릴 수 있다는 뜻이었으니까.

그때에는 그냥 쉘터 파밍을 포기하고 시내로 나가는 것이 더 나을 수도 있었다.

제론은 순식간에 야트막한 야산 중턱까지 올라와 망원경으로 상황을 주시하였다.

아까 보았던 트럭과는 다른 트럭이다. 이번에는 변이체를 모는 것이 아니었다.

그 트럭에게 승용차 한 대가 쫓기고 있었다.

제론은 조금 더 배율을 높여 승용차에 탄 사람들이 누군지 살폈다.

노부부와 젊은 남녀였다.

간절한 표정만 보아도 누가 그들을 쫓고 있는지 알 수 있었다.

"약탈자들인가."

멸망한 세상에서는 종종 볼 수 있는 광경이다.

이래서 거주지를 옮길 때에는 굉장히 신중할 필요가 있는 것이다.

가능하면 차량이 아니라 그냥 도보로 이동하는 편이 나

앉다.

 차량을 타고 가다가 변이체와 마주치거나 시체를 밟고 미끄러져 사고가 나는 경우가 많았으니까.

 끼기기긱!

 하필이면 제론이 올라와 있는 산 아래서 승용차가 가드레일을 들이받았다.

 좀 더 자세하게 보니 승용차 전면 유리에 총알이 지나간 자국이 있었다.

 앞 유리에 튄 다량의 피.

 운전자가 총에 맞아 길을 벗어난 것으로 보였다.

 노부부 중 운전자는 사망하고, 아내로 보이는 노인은 그대로 튕겨져 나가 즉사했다.

 뒷자리에 탄 젊은 남녀도 상태가 썩 좋지는 않았다.

 피를 토하며 차에서 내리는 것이 곧 죽을 것 같아 보였다.

 웅성거리는 소음과 함께 차에서 내리는 약탈자들.

 숫자는 총 세 명으로, 그중 한 명은 여성이었다.

 철컥!

 제론은 자신도 모르게 석궁을 들었다.

 '아무리 빌어먹을 세상이라지만 이건 아니지.'

 제론은 선인이 아니었지만, 살겠다고 미친 듯이 도로를 기어가는 남자에게 총알을 틀어박는 놈을 보고 그냥 지나칠 수는 없었다.

저런 놈들이라면 반드시 제론에게도 피해를 주게 되어 있었다.

가능하면 여기서 처리해야 한다.

먼저 한 발.

피융!

제론은 맨 뒤에서 망을 보고 있던 남자부터 저격했다.

퍼억!

화살은 어마어마한 속도로 날아가 남자의 머리통에 틀어박혔다.

동료가 죽었다는 사실을 아는지 모르는지 약탈자 남녀는 낄낄거리며 대화를 나누었다.

무슨 내용인지는 알 수 없었지만, 굳이 알고 싶지도 않다.

제론은 다시 석궁을 들어 약탈자 남자의 목을 조준했다.

피융!

퍼어억!

남자의 목에 피가 분수처럼 쏟아지며 여자의 얼굴을 적셨다.

동시에 터지는 비명 소리.

"꺄아아악!"

약탈자 여자는 패닉에 빠져 바닥에 주저앉았다.

정말 같잖은 일이다.

본인들이 미친 짓을 하는 것은 괜찮고, 막상 당하고 보니 두려움이 솟구치는 모양이었다.

타다다당!

아연실색한 약탈자 여자가 사방으로 총을 갈겨 댔다.

당연히 눈먼 총알에 맞을 만큼 제론은 바보가 아니었다.

간단하게 나무 뒤로 숨어 혹시나 모를 불상사를 예방했다.

총소리가 멎었다.

총은 무한으로 쏠 수 있는 것이 아니다. 총알이 떨어지면 멈추게 되어 있다.

제론은 이리저리 방황하는 약탈자 여성의 머리를 향해 화살을 날렸다.

퍼억!

여자의 머리에 화살이 명중하자 주변은 고요해졌다.

제론은 석궁을 거두고 한숨을 내쉬었다.

"하……. 정말 빌어먹을 세상이로군."

제론은 잠시 이 자리에서 상황을 주시하였다.

이만한 소란이 일어났으니 운이 없다면 변이체가 몰려올 수도 있는 것이다.

옷깃을 뚫는 차가운 바람.

도로에서부터 올라오는 피비린내까지.

눈앞에 펼쳐진 상황은 실로 공포 영화의 한 장면이 따로 없었다.

5분 정도 흘렀음에도 주변이 고요하자, 제론은 조심스럽게 산을 타고 내려왔다.

도로에 내려와 직접 상황을 확인하니 더욱 눈살이 찌푸려졌다.

바닥에서 쭉 이어진 핏자국을 따라 젊은 남녀가 각기 다른 방향으로 갈라져 있었다. 그들은 모두 과다 출혈로 사망하고 난 이후였다.

약탈자들은 도로를 기어 살기 위해 발악하는 남녀의 대퇴부를 쏴서 망가뜨려 놓았다. 그것도 모자라 가슴과 목 등에 총을 난사했으니, 살아남을 수가 없는 것이다.

이대로 시신들을 방치하면 변이체의 먹이가 되고 말 것이다. 며칠만 지나도 흔적도 없이 사라질 것은 뻔한 일.

제론이 마법을 익히지 않은 상태라면 그대로 지나쳤겠지만, 지금은 손쉽게 시신을 묻어 줄 수 있었다.

제론은 노인과 젊은 남녀의 시신을 산비탈 아래로 옮겨 왔다.

"디그."

휘몰아치는 마나.

마법은 서클에 내재되어 있는 마력에도 영향을 미치지만, 주변의 마나에도 마법의 강도가 달라진다.

극소량의 마나를 사용했음에도 거대한 손이 생겨나며 순

식간에 흙을 파 내려갔다.

제론은 잠시 완성된 무덤에 애도를 표하고 도로로 돌아왔다.

약탈자의 시신은 그냥 방치했다.

이 무지비한 연놈들은 살아남을 가치가 전혀 없었다.

또한 이들이 가지고 있는 물건들 역시 모두 회수할 작정이었다.

"소총이 세 자루에 권총 한 자루. 탄창 두 개. 나쁘지 않은 수확이야."

약탈자들의 손목에는 시계가 채워져 있었다.

겉멋만 잔뜩 들었는지 남녀 할 것 없이 롤x스다.

당장 어디에 써야 할지는 생각나지 않았지만 일단 전리품으로 수거했다.

그 이외에도 약탈자들은 다용도 칼을 한 자루씩 소지하고 있었으며, 품에서는 담배도 몇 갑 나왔다.

"강씨가 좋아하겠군."

카렌 대륙에 담배가 없는 건 아니었지만 제론은 일부러 찾아 피우지는 않았다.

미개한 중세에는 담배가 몸에 좋다는 인식이 있었으나, 현대인의 관점에는 사람을 병들게 하는 연기일 뿐이었다.

물론 강씨는 골초에다 질이 썩 좋지 않은 담배를 피워 대고 있으니 좋은 선물이 될 것이다.

제론은 약탈자들을 털어 낸 후 놈들이 타고 온 트럭 안쪽을 살펴봤다.

담배 냄새에 절어 있는 것은 물론이고, 본드 냄새도 짙게 풍겼다. 역시 약탈자들은 제정신으로 이 세상을 활보하는 것이 아니었다.

차량 한구석에 위스키 두 병이 굴러다녔다. 안경 케이스에 선글라스도 하나 있어 모두 챙겨 넣었다.

제론은 자동차 배터리도 뽑아 갈까 잠시 고민했지만 곧 포기했다.

차를 뜯어내는 것은 제론의 전문 분야도 아니었고, 정 필요하면 나중에 강씨를 데려오면 된다. 그의 은신처에 여분의 배터리가 있기도 했고.

모든 물건들을 포탈 너머에 던져 놓고 나자 썩 기분이 좋지는 않았던 파밍이 끝났다.

제론은 피 냄새를 풍기는 도로를 뒤로하고 자전거에 올랐다.

좌륵. 좌르륵.
국도를 따라 페달 굴러가는 소리만 요란했다.
제론은 30분을 달려 음양면에 도착했다.
쉘터로 향하기 위해서는 반드시 음양면을 거쳐야 했기에 들른 것뿐, 파밍을 하겠다는 생각은 아니었다.

그는 오랜 시간 가족들과 함께 시간을 보냈던 단독 주택 앞에서 잠시 멈추었다.

평소 아무렇지도 않은 것처럼 살아가는 제론이었지만, 전생의 트라우마가 완전히 치유된 것은 아니었다.

지구로 넘어오지 않는다면 모를까, 며칠에 한 번씩 파밍을 하다 보면 자연스럽게 전생의 기억이 떠오르는 것이다.

제론은 자신도 모르게 대문을 열고 있었다.

여전히 폐가를 방불케 하는 주택이었지만 옛 기억을 떠올리기에는 충분했다.

목숨을 건 파밍을 마치고 돌아왔을 때, 대문 앞에서 서성이며 기다리던 아내의 모습이 환영처럼 스쳐 갔다.

[여보, 어디 다친 곳은 없죠?]
[그럼. 이 생활도 몇 년 하다 보니 베테랑이 되어 가는 것 같아.]
[자만하지 말고 항상 조심하세요! 얼마 전에 수진 아빠가 파밍을 나갔다 돌아오지 못했다고 해요.]
[수진 아빠가? 안타까운 사고로군.]
[하아……. 그만큼 위험하다는 뜻이겠죠?]
[애들은?]
[자고 있어요.]

평범하지만 평범하지 않았던 부부의 대화.

제론은 항상 가족을 부양하기 위해 목숨을 걸었고, 안전하게 귀가하여 아이들의 얼굴을 보는 것이 하루의 낙이었다.

마당 한쪽에 무덤 세 기가 가지런히 있다.

싸늘한 날씨였지만 제론은 아내의 무덤 앞에 앉아 육포를 꺼내 먹었다.

자전거를 타다가 가만히 앉아 있으려니 땀이 마르며 체온이 떨어졌다.

"또 올게."

감상적인 생각은 여기까지였다.

제론은 다시 자전거에 올라 페달을 세게 밟았다.

을씨년스러운 광경에 잠긴 음양면은 여전한 모습이다.

사람의 흔적은 물론이고 변이체조차 보이지 않았다.

이 땅은 생명체로부터 완전하게 버림받은 땅이었다.

동물조차 존재하지 않아 지구에 혼자 남은 것처럼 느껴지기도 했다.

처음 이곳을 방문해 항생제를 구했던 유한 약국의 간판은 이제 너덜거리다 못해 떨어지기 직전이었다.

사람의 손길이 닿지 않는 불모지는 더욱 망가져 가고 있었다.

좌르륵!

제론이 탄 자전거는 면소재지를 벗어나 외곽에 이르렀다.

북쪽에서 찬 바람이 불어와 기온이 점점 더 떨어진다.

완전히 얼어붙어 있는 작은 강.

강가와 이어진 도로를 타고 이동하자 배산임수 지역이 나온다.

제론은 단숨에 이곳의 가치를 알아봤다.

산 아래에 강물이 있었으니 식수는 해결되는 것이고, 민물고기를 잡아 식량으로 쓸 수도 있었다.

평소에는 산속에 살다가 식량을 구할 때만 내려오면 되었기에 이만한 생존지도 없었다.

강 뒤쪽의 산에는 차량 하나가 간신히 지나갈 법한 길이 하나 있었다.

지금이야 휑하게 뚫려 있지만 예전에는 길을 막아 위장하였던 것으로 보인다.

"바퀴 자국이라."

좋지 않은 징조다.

이 자국은 최근에 생긴 것으로 보였다.

그럼에도 불구하고 위장술을 펼치지 않은 것은 그 안에서 살아가던 사람들이 다 죽었다는 것을 의미한다.

비교적 최근에도 변이체가 방문했을 가능성이 높다.

제론은 자전거를 한쪽에 내려놓고 배낭을 짊어진 채로

산길을 올랐다.

스아아아!

바람이 불자 썩은 낙엽들이 바닥을 사정없이 긁어 댔다.

좌우에서 흔들리고 있는 나뭇가지들.

괜히 신경이 곤두선다.

얼마나 산길을 올랐을까.

오프로드 차량 한 대가 나무에 그대로 충돌하여 뒤집혀 있었다.

차량 안에 뼈만 남아 있는 시신 한 구가 클랙슨에 머리를 박고 방치돼 있는 채로.

시신의 상태로 봐서는 사고가 난 지 1년이 채 되지 않았다.

멸망한 세계에서 오랜 시간 살다 보면 시신의 부패 정도만 보아도 언제쯤 죽었는지 추정할 수 있었다.

1년 전까지 이곳에서 사람이 살았다면, 강유정이나 강씨가 머물렀던 시간과는 맞지 않는다. 그들은 이미 3년 전에 쉘터를 떠났으니까.

제론은 조금 시간이 걸리더라도 빙 돌아 쉘터가 내려다보이는 언덕에 도착했다.

그러자 그곳에 상당히 오래된 초소가 하나 있었다.

강씨가 쉘터에서 생활할 당시에 만든 곳이라고 했다.

그 정보가 아니었다면 이런 곳에 초소가 존재한다는 사실 자체를 몰랐을 것이다.

제론은 망원경으로 쉘터를 내려다봤다.

그리고 드러난 끔직한 광경.

"도대체 무슨 일이 있었던 거냐."

사방에 핏자국과 뜯어 먹힌 시신들이 가득했다.

뼈 무더기를 봐서는 대략 20구 정도가 죽어 나간 것 같았다.

망원경의 배율을 높이자 두개골에 뚫린 구멍들이 눈에 들어왔다.

몇몇 시신들은 변이체에 의해 사망한 것이 아니다.

흔적으로 추론을 해 보면 생존자와 약탈자들과 충돌하여 싸움이 벌어진 것 같았다.

그 이후에 변이체가 쳐들어온 것이었고.

쉘터가 이 지경이 된 것도 벌써 1년 전으로 추정되었으니, 현재 당면한 위협은 없다고 판단됐다.

제론은 조심스럽게 주변을 살피며 쉘터로 내려왔다.

멀리서 보던 것보다 쉘터의 상태는 더욱 심각했다.

여기저기 널려 있는 집기들은 물론이고, 바닥에 떨어진 탄피며, 도주하다가 피를 뿌린 흔적들이 도처에 널려 있었다.

박살 나 굴러다니는 차량들, 총기와 함께 떨어져 나간 팔까지.

지옥조차 이보다 나을 거라는 생각이 들었다.

쉘터 한쪽에는 강씨의 것으로 짐작되는 캠핑카도 보인다.

제론은 혀를 차며 무기부터 모두 수거했다.

"석궁 23자루와 총기 12점이라."

나쁘지 않은 수확이다.

기계식 석궁이 23점이나 된다는 것은 대단한 발견이라 할 수 있었다.

강씨조차 이렇게 정교한 석궁을 만드는 것은 여간 힘든 일이 아니라고 했다. 오래되어 낡았다고 해도 공돌이의 손을 거치면 새것처럼 만드는 건 어렵지 않았다.

반쯤 부서진 텐트들 안에서는 통조림과 술, 라이터, 램프를 발견했다.

생존에 필요한 물건들이 이렇게 남아 있다는 것은 지난 1년 동안 털리지 않았다는 뜻이다.

제론은 무기를 비롯하여 쓸모 있는 물건들을 한자리에 모았다. 그 후에는 캠핑카도 한번 둘러보기로 했다.

캠핑카 안은 사람이 살았던 흔적이 있고, 내부에는 문명의 흔적이 엿보였다.

화장실과 주방, 침실, 냉장고, 전자레인지, 에어컨에 이르기까지.

꽤 낡았지만 멸망한 세상에서 이 정도의 편의 시설이라면 호텔이 부럽지 않을 정도였다.

캠핑카 상부에는 태양광 전지판까지 설치되어 있어 지금도 전기가 들어오고 있었다.

차량 뒤에는 작업실 같은 공간도 남아 있었는데, 그 안에 꽤 많은 공구들과 부품들이 자리 잡고 있다.

누군가가 강씨의 뒤를 이어 무기를 제작했었는지, 실패작도 여럿 굴러다녔다.

이곳에서의 수확은 역시 기계 부품들이었다.

"나쁘지 않군."

아무래도 강씨를 한번 데려와야 할 것 같았다.

변이체나 생존자의 흔적도 없었으니 강씨를 이곳에 데려와 필요한 장비와 부품만 가져가도 영지 발전에 많은 도움이 될 수 있을 터였다.

파밍은 대충 끝났다.

제론은 카렌 대륙으로 돌아가기 전 생존자의 일기를 떠올렸다.

일기의 주인은 이곳에 있는 석궁을 취하고 가족들의 시신을 수습해 달라고 부탁했다.

예전부터 그 부탁을 들어주겠다고 생각하고 있었기에 움직여 보기로 했다.

제론은 주변을 둘러봤다.

워낙에 많은 시신들이 뒤섞여 있어 누가 누군지 구분이 되지 않았다.

그저 일기장의 내용에 따라 위치를 가늠할 수밖에.

쉘터에서 조금 벗어나자 길게 휘어진 소나무가 보였다.

소나무 재선충이 돌았는지, 남아 있는 소나무라고는 이 한 그루가 유일했다.

"이쯤인가?"

과연 지금까지 시신이 남아 있을지는 의문이다.

소나무 주변을 둘러보던 제론은 여성으로 보이는 미라 한 구와 4~5살 정도로 추정되는 아이의 미라를 발견했다.

남자의 기억이 맞았다.

정확하게 그의 가족들은 이곳에서 죽어 있었다.

제론은 아까 도로에서와 마찬가지로 시신을 수습했다.

이만하면 목적은 달성한 것이다.

황금 열쇠의 마나 역시 이곳의 무기를 옮기고 나면 바닥 날 것이기에 이쯤에서 카렌 대륙으로 넘어가려 했다.

툭.

그때, 제론의 발치에 뭔가가 걸렸다.

웬 망가진 블랙박스였다.

차량이 뒤집어지며 블랙박스도 튕겨져 나온 모양이다.

잠시 고민하던 제론은 블랙박스의 칩을 챙겨 넣었다.

"휴대폰과 연결되면 좋겠는데."

제론은 카렌 대륙에 도착했다.

지구에 비할 수는 없지만 꽤 쌀쌀한 날씨다.

제론은 파밍한 물건들을 막사 한쪽에 쌓았다.

소총 15자루와 권총 3자루, 석궁 23자루, 각종 통조림과 시계, 나침반, 지도, 담배, 술 등이다.

이만하면 대단한 수입이었다.

문제라면 총알인데.

"소총이 15자루인데 비해 총알은 50발이 채 되지 않는다니."

물자가 부족한 것은 지구의 생존자들도 마찬가지였다.

군부대를 턴다면 모르겠지만 그곳은 이미 약탈자들이 점령했거나 변이체들에 의해 갈가리 찢겨져 나갔을 것이다.

언젠가는 군부대를 털게 될 날도 오겠지만 지금은 아니었다.

최소한 제론이 3서클에 오르고 난 이후에나 시도해 볼 일이다.

막사 밖을 보니 아직 아침 해가 떠오르기 전이었다.

몇 시간이라도 잠을 잘까 싶다가도 괜히 어설프게 자면 더 피곤하다는 사실을 알기에 그냥 밤을 새우기로 했다.

마나로 강화된 육체에, 아직 10대 후반으로 젊었기에 하루 이틀 무리하는 정도는 아무렇지도 않았다.

제론은 남은 시간 동안 블랙박스 칩을 휴대폰에 꽂아 보기로 했다.

칩이 호환되면 다행이고, 되지 않아도 상관은 없다.

그저 블랙박스를 열어 보면 생각지도 못한 정보가 튀어나올 수도 있기에 확인해 보려는 차원이다.

유진 산업이라는 곳에 어마어마한 물자가 있다는 사실

도, 쉘터에 석궁이 존재한다는 것도 전부 생존자의 흔적을 통해 알아낸 일.

정보의 확인은 게을리할 수 없었다.

"되네?"

휴대폰을 이리저리 만지작거리던 제론은 블랙박스 칩과 핸드폰이 호환된다는 사실을 알 수 있었다.

칩에는 날짜별로 블랙박스 영상들이 기록되어 있었다.

블랙박스 영상은 2034년 4월이다. 제론의 예상대로 쉘터에는 일 년 전까지만 해도 사람들이 살고 있었다.

강씨를 비롯한 생존자 무리들이 다 죽어 나간 후에도 새로운 무리가 이곳에 정착했던 것이다.

2034년 4월 2일 영상.

[더 이상 여기서 버티는 것은 무리야. 시내로 나가야 한다고.]

[시내? 미쳤어!? 그놈들이 시내에 득실거리고 있다는 것을 몰라?]

[그럼 여기서 굶어 죽을까?]

[누가 굶어 죽재!? 어떻게든 식량을 마련해 봐야지.]

[요즘에는 물고기도 잡히지 않는다고! 변이체 놈들 때문인지 뭔지 씨가 다 말라 버렸는데 여기서 버티는 것이 무슨 의미가 있어?]

차량 내부에 누가 타고 있는지는 찍히지 않았다. 다만 목소리만으로도 대충 어떤 상황인지는 짐작이 됐다.

음양면을 비롯한 이 부근 면소재지는 더 이상 파밍이 불가능했고, 설상가상으로 강가에서는 물고기도 잡히지 않았다.

변이체의 먹성은 상상 이상이었다.

단순히 인간만 잡아먹는 것이 아니라 야생 동물과 물고기마저 모조리 먹어 치웠다.

동족 포식도 하는 놈들이었으니, 생명체들은 지구에서 살아남을 수가 없었다.

이따위 세상이었으니 안전하고 풍족한 쉘터란 존재하지 않았다.

사람들은 점점 물자 고갈에 시달렸다. 특히나 식량이 부족하여 풀뿌리를 캐 먹으며 삶을 연명하기도 했다.

제론은 다음 영상을 재생시켰다.

2034년 4월 15일.

[후, 당신 말이 맞았어. 그나마 시내로 나가는 것이 나을 것 같아. 위험하기는 해도 조심해서 파밍하면 되지 않을까]

[그렇다니까? 어차피 각자도생을 해야 해. 다른 사람들은 생각할 필요 없는 거야. 우리 가족만 생각해.]

부부는 서산 시내에서 파밍을 성공한 모양이었다.

그러나 그들의 기쁨은 오래가지 않았다.

쉘터로 올라가는 길에 웬 차량 한 대가 나무에 처박혀 불타고 있었다.

아까 제론이 보았던 그 차량인 것 같았다.

블랙박스에는 쉘터로 누군가가 침입한 흔적이 적나라하게 드러나 있었다.

바닥에 바퀴 자국이 선명하였으며 멀리서는 총소리가 울려 퍼졌다.

충분히 상황이 위험해 보였다.

그러나 부부는 차를 돌리지 못했다.

[진성아!]
[슬하야!]

부부의 외침에서 알 수 있었다.

시내로 파밍을 나가는 것은 목숨을 걸어야 하는 일이었으므로 아이들은 쉘터에 두고 떠난 것이다.

그래야 혹시 자신들이 죽었을 때 아이들을 돌볼 사람이 있을 테니까.

쉘터로 돌아온 부부는 운이 나빴다.

차량이 보이자마자 약탈자가 권총을 갈겼고, 총알이 그

대로 남자의 머리를 관통해 버린 것이다.

 방향을 잃은 차량은 그대로 나무에 틀어박혔고 블랙박스가 빠져서 튕겨져 나갔다.

 그래도 화면은 이어졌다.

 전원이 끊길 줄 알았는데 나름 충전식 블랙박스였던 모양이다.

 비명 소리가 난무하는 가운데, 생존자와 약탈자들의 목소리가 뒤섞여 기록되었다.

[여보!]
[하하하! 다 죽여 버려!]

 쉘터는 약탈자들이 점령하고 있었다.

 그들은 도망치려는 사람들을 망설임 없이 사살했다.

 굴복하고 있는 자들은 굴비 엮듯이 줄줄이 밧줄로 엮었는데, 그들을 자신들이 살고 있는 곳으로 데려가려는 것 같았다.

 멸망한 세계의 노예.

 끔찍한 일이었지만, 사람을 잡아 노예로 부리는 것은 예사로 여겨지는 세상이었다.

 차에서 내린 여성은 총을 들고 밖으로 뛰어나갔지만 소총에 맞아 그대로 튕겨져 나갔다.

 그러다 타고 온 차량의 조수석에 부딪쳐 생을 마감했다.

약탈자들은 자신들이 올린 수확에 만족하며 본격적으로 쉘터를 털려 하고 있었다.

하지만 그들의 즐거움은 오래가지 못했다.

쉘터의 길을 따라 변이체들이 달려오고 있었던 것이다.

부부가 쉘터로 이동할 때, 변이체들이 쫓아온 듯했다.

"그래, 변이체들은 지능이 있지."

시내를 턴 부부가 운이 좋았을까?

전혀 그렇지 않다.

변이체들이 살려 주었기에 파밍에 성공할 수 있었던 것일 뿐. 시내 파밍은 지금의 제론으로서도 꺼려질 만큼이나 위험천만했다.

놈들이 들이닥치자 쉘터 내부는 아비규환의 지옥으로 변했다.

생존자를 찢는 놈들 중에는 진화체로 이름 붙인 개체들도 존재했다.

제론은 말라깽이와 근육 돼지로 부르며 얕잡아 보았지만, 놈들은 어마어마한 무력을 소유하고 있는 괴물들인 것이다.

진화체가 투입되자 순식간에 약탈자들이 죽어 나갔다.

비명조차 지르지 못한 채로 죽는 놈들이 대다수.

사지가 잡아 뜯기고 살점이 비산했다.

변이체들은 널브러진 시신을 찢어 입 속으로 욱여넣으며

파티를 벌였다.

생존자 둘이 멋대로 시내를 활보하는 것을 봐주는 대가로 쉘터 전체를 집어삼켜 버린 것이다.

[끼에에엑!]
[씨발, 저리 가! 끄아아악!]

비명 소리가 난무했다.
꽈직!
막장에 이를 만큼 난리가 난 순간, 블랙박스가 밟히며 기록이 끊겼다.

그나마 그 안에 들어 있던 칩이 멀쩡해서 기록이 남아 있었다.

제론은 쉘터에서 일어난 일들을 쭉 살펴보며 눈살을 찌푸렸다.

"정말 빌어먹을 세상이로군."

이곳을 생존지로 삼고 있던 사람들도, 약탈자들도 모조리 죽어 버린 것이다.

제론은 휴대폰 재생을 종료하고 밖으로 나왔다.
슬슬 해가 뜨고 있는 중이었다.
제론은 방금 보았던 영상을 나름대로 분석했다.
"역시 만만하게 볼 놈들이 아니야."

지구를 누비다 보면 생각보다 변이체 놈들 때문에 항상 목숨을 걸어야 했는데, 위험하기는 인간도 마찬가지였다.

오늘만 해도 지구에 미친 인간들이 도처에 있음을 확인했다.

총을 갈겨 대며 변이체를 유인하는 놈들이 있는가 하면 전통적인(?) 인간 사냥에 나서는 약탈자들도 여전히 활보했다.

강씨 부녀와 같은 경우에는 운이 좋은 케이스였다.

"생각해 보면 오늘 겪었던 일은 지구의 평범한 하루에 불과했지."

이보다 더 빌어먹을 일들이 얼마나 많던가?

생존자가 약탈자나 변이체에게 쫓기는 광경이야 너무 흔해서 이야깃거리도 되지 않는 것이다.

제론은 머릿속의 쓸데없는 생각을 지우고 하루를 준비했다.

아침 해가 떠오르자 잠들어 있던 병영이 깨어났다.

'새 영지 운동'은 영지민들에게만 국한되는 것이 아니었다.

게으른 인간은 사람 취급을 하지 말자는 기조에 따라 병사들도 아침 일찍 일어나 저녁때까지 훈련에 매진했다.

훈련이 없는 날에는 민간으로 나가 일을 돕는 것이 일상이었다.

병사들은 이런 노지에 나와 있음에도 불구하고 아침 일찍 일어나 막사를 정리하는 부지런함을 보였다.

"영주님!"

제론이 아침 체조를 하고 있을 때, 가르시아 경이 사색이 된 채로 달려왔다.

그 잘생긴 얼굴이 굉장히 일그러져 있다.

"무슨 일이냐?"

"아침 일찍 전령이 도착했는데, 드디어 레비온 자작이 칼을 뽑았답니다!"

"오오! 정말이냐!"

"예! 페로우 숲의 소유권을 주장하며 공식 서한을 날렸습니다!"

"때가 무르익었구나."

제론의 뜻대로 되어 가고 있었다.

애초에 레비온 자작의 욕심을 이용하여 영지전으로 유도한 것이 바로 제론이었다.

황무지나 다름없는 페로우 숲에는 높고 낮은 산들이 유기적으로 연결되며 둘러싸여 있었는데, 레비온 자작령과 경계가 되는 부분이 문제였다.

제론은 산지에 광부들을 파견하여 광산을 개발하게 했고, 다크 문을 통해 레비온 자작가에 소문을 냈다.

페로우 숲에서 철광산을 발견했다고.

욕심 많은 레비온 자작의 눈이 뒤집힐 것은 충분히 예상할 수 있었다.

다크 문을 통하여 들려온 소식에 의하면 레비온 자작의 욕심이 폭발하여 한시도 가만있지를 못했다고 한다.

결국 레비온 자작은 제론에게 공식 서한을 전달하기에 이른 것이다.

"중앙 정계의 반응은?"

"지금껏 레비온 자작이 뇌물을 뿌려 왔으나 조금 망설이는 분위기입니다."

"역시 내가 랭턴 공작의 피후견인이기 때문이겠지?"

"아무래도 그렇겠죠? 우리 왕국은 파벌이 갈려 싸우는 형국이지만 랭턴 공작이 가진 힘을 무시하지는 못합니다."

레비온 자작이 제론에게 공식 서한을 보냈을 정도면 국왕에게 상소를 올려 영지전을 주청하였을 것이 틀림없었다.

국왕은 이 문제를 상의했을 테지만, 랭턴 공작부터가 나서서 반대했을 것이다.

"레비온 자작이 보냈다는 서한은?"

"여기 있습니다!"

친애하는 페로우 남작.

그동안 잘 지냈는가?

이 우형은 지난 며칠 동안 자네를 생각하며 마음의 병을 얻었다네.

자네 영지와 이 우형의 영지 가운데 위치한 작은 산맥이 우리들의 우정을 갈라놓을 것 같으니, 이를 어쩌면 좋단 말인가?

나는 마땅히 자네에게 그 땅을 양보하고 싶으나 가신들이 난리라네.

기사들과 병사들마저 고토를 회복해야 한다고 들고일어날 조짐을 보이고 있으니, 우형은 처참한 마음으로 펜을 들었다네.

어차피 쓸모도 없는 땅이니 협상을 할 수는 없겠나?

자네가 그 땅을 양보한다면 충분히 보상하겠네.

"이 돼지 새끼 보게. 내가 언제부터 동생이었다고. 나는 장남인데?"

"물론이죠. 그런 못생긴 놈과 영주님이 형제라면 그것이 더 이상한 일 아니겠습니까? 자고로 남자는 인물이 살아야 하는데, 아무리 좋게 봐도 그 인간은 멧돼지 이상은 될 수가 없죠."

가르시아 경의 인상이 잔뜩 일그러졌다.

레비온 자작의 얼굴을 떠올리면 누구라도 이렇게 표정이 썩어 가는 것이다.

제론은 서한을 구겨서 발로 짓밟아 버렸다.

"욕심만 많은 새끼. 땅을 빼앗기고 나서도 이렇게 나오나 보자."

한 대 전만 해도 남작이었던 레비온 가문은 금광의 발견으로 돈이 넘쳐흐르게 된 이후, 정계에 막대한 돈을 뿌렸다.

파벌을 가리지 않고 뇌물을 쓴 덕분에 이번 대에 자작으로 승작했고, 상당한 영토 역시 손에 넣을 수 있었다.

나름대로 큰 공이었으나 인간의 욕심에는 끝이 없는 법.

레비온 자작은 얼마 전, 이웃 영지 페로우 남작령에서 철광이 발견되었다는 소식을 들었다.

사촌이 땅을 사도 배가 아픈 판국에 찢어지게 가난했던 페로우 가문에서 철광이 발견되었다니, 자작은 속이 쓰려 잠을 이루지 못할 지경이었다.

처음에는 애써 무시하려 하였으나 페로우 영지에서 은밀

하게 광부들을 보내 채굴을 시작하자 결국 레비온 자작의 욕심은 폭발했다.

그때부터였다.

나름대로 랭턴 공작의 피후견인 지위에 있는 페로우 남작에게 마수를 뻗히기 시작한 것은.

레비온 자작은 중앙 정계에 손을 대 영지전을 가결시켜 달라는 밀서들을 보냈다.

다만 정계의 반응이 좋지 않았다.

[친애하는 레비온 경, 경이 보낸 제안은 우리 2왕자파에서 잘 심의를 하였네. 허나 지금과 같은 상황에 영지전은 불가능해. 페로우 남작이 누군가? 랭턴 공작을 비롯한 유수한 귀족들과 연을 맺고 있는 유력 귀족이 아닌가. 괜히 역풍을 맞을 수 있으니 자제하게.]

자작에게 몇 통의 서신이 도착했고 내용들은 다 비슷했다.

삼대 파벌에서 모두 반대했으며, 왕세자파의 반응은 날까지 서 있었다.

괜히 왕세자파에 속해 있는 제후를 건들지 말라는 뜻이다.

그가 보통의 귀족이었다면 이쯤에서 포기했을 것이다.

하지만 자작의 욕심은 상상 그 이상이었다.

그는 며칠을 고민한 끝에 페로우 남작을 꾀어 미끼를 던질 계획을 세웠다.

가신 회의에서 자신의 계획을 실행하겠다고 천명하고, 진행 상황을 묻기에 이른 것이다.

"놈에게 답신은 왔나?"

"영지 경계선에서 만나 담판을 짓자는 답변이 오기는 했습니다만……."

"오면 온 것이지, 왜 그리 뜸을 들이나?"

"각 파벌에서 반대하는 마당에 이렇게까지 하는 것이 옳은 일인가 싶습니다."

예상대로 가신들의 반대가 이어졌다.

특히나 참모들은 자작을 뜯어말리기에 여념이 없었다.

라이온 공작의 경고대로 괜히 역풍을 맞을 수 있다고 여긴 것이다.

그러나 자작의 생각은 달랐다.

"영지전이 가결되기 위해서는 단 하나의 전제 조건만 필요할 뿐이다."

"하나의 전제 조건이라면?"

"페로우 남작이 동의하는 것. 놈이 각 파벌에 서신을 날려 힘을 쓴다면 충분히 가결될 수 있음이야."

"예!? 바보 멍청이도 아니고 페로우 남작이 동의하겠습니까?"

"그러니까 먹음직스러운 미끼를 던져야지."

"굳이 무리를 하면서까지 철광을 가져올 필요가 있겠습니까?"

"놈의 성장이 너무 거세. 이쯤에서 멈추게 할 필요가 있다. 왕세자파를 제외한 파벌에서도 페로우 남작이 더 이상 성장하는 것을 반기지는 않을 거야."

'그거야 당신 생각이고!'

가신들이 보기에 자작의 말은 억지였다.

중앙의 유력 귀족들은 산골 벽지에 처박혀 있는 페로우 남작이 얼마나 성장을 하건 관심이 없었다.

페로우 남작이 여기저기 뇌물을 뿌려 대니 그것이 멈추지 않기를 바라는 것이다.

결국 참모장 버틴 경은 최후의 수단으로 자작을 설득하기로 했다.

"행여나 영지전에서 패하기라도 하는 날에는 엄청난 역풍을 맞을 것입니다. 페로우 남작이 어지간한 조건으로 영지전을 감행하지도 않을 것이고요."

"우리가 패하겠나? 우리에게는 북부 최고의 기사 버케인 준남작이 있다는 것을 잊지 말게."

"허나!"

"어허, 일단 만나자고 전하게. 본관은 자신이 있으니."

가신들은 자작의 강짜에 입술을 짓씹었다.

아무리 생각해 봐도 이번 계획은 무리가 많이 따랐던 것이다.

제론은 직접 병력을 이끌고 상행을 나갔다가 성황리에 마치고 영지로 복귀하였다.

장벽 밖으로 병사들과 농부들이 오가는 광경이 보였다.

영지의 영토가 렘버린 강까지 확장되자 영지 행정부에서 대장벽과 붙어 있는 농지들을 개간하여 생산량 증대를 노린 것이다.

일단 농지들이 개간되기만 하면 큰 이익이 발생할 것은 분명하다.

행정관들은 이번 기회를 놓치지 않고 렘버린 강 아래에 장벽을 쌓을 생각부터 했다.

제론 역시 영토 확장에 대한 야심을 가지고 있었으니 머지않아 개척단이 출발할 것이다.

상단이 아이스트롤의 사체를 산처럼 쌓아 오자 일하던 영지민들은 무릎을 꿇으면서도 신기한 얼굴로 구경했다.

"정말 아름다운 털이군. 저게 아이스트롤인가?"

"그렇다고 하더군. 대설원에 살던 놈이지."

"그럼 교역은 성공한 것이고?"

"우리 영주님이 누군가? 바바리안 따위를 찜 쪄 먹는 것이야 어렵지도 않은 일이지."

영지민들의 얼굴에도 기대감이 가득했다.

바바리안과의 교역을 영지 차원에서 홍보하기도 했고, 이것이 살림에 얼마나 큰 보탬이 되는지도 크게 알렸다.

이는 정치적인 노림수였다.

영지에 큰돈이 돌 것이라는 기대감을 주어 앞으로 자금이 마를 날이 없다고 안심시킨 것이다.

빠르게 발전하고 있는 영지.

북부 대장벽은 하루가 다르게 높아지고 있었으며, 보수 작업도 거의 완료되어 가고 있었다.

한쪽에서는 신병 훈련도 한창이었고, 영지 내부의 큰 도로는 완성 단계에 이르렀다.

제론은 흡족하게 그 광경들을 보며 입성했다.

성문 앞.

의외의 인물이 제론을 기다리고 있었다.

"벌써 오셨군요, 남작님!"

"아니, 자네가 여긴 어쩐 일인가? 지금쯤 백작령에 있어야 하지 않나?"

"바바리안 놈들과 교역이 성황리에 진행된 것 같아 조금 무리를 했습니다."

로미드 준남작이었다.

제론이 렘버린 강으로 떠나기 전에 배웅을 했던 것 같은데, 벌써 백작령에 들렀다가 온 모양이다.

'하여간 하네스 백작 그 양반도 돈이라면 사족을 못 쓰는군.'

세상에 돈 싫어하는 인간이 어디 있을까.

무역에 굉장히 폐쇄적인 생각을 가지고 있는 다른 제후들도 뇌물은 곧잘 받아먹었다.

하네스 백작이라면 국제 무역을 오래 하여 시야가 트였으니, 바바리안과의 교역이 얼마나 돈이 될지 미리부터 알아본 것이다.

제론은 로미드 준남작과 나란히 걸었다.

"백작께서는 뭐라고 하시던가?"

"당연히 시원하게 가결하셨지요. 전에 약속되었던 내용을 문서로 만들어 가지고 왔습니다!"

"다행이로군."

제론은 미소를 숨기지 않았다.

로미드 준남작은 백작령에 도착하자마자 보고했을 것이고, 백작은 신속하게 가계약을 가결하여 정식 문서로 만들어 보냈다.

그 즉시 로미드 준남작은 병력을 이끌고 돌아온 것으로 보였다.

정식 문서가 되었다는 것은 백작이 공식적으로 바바리안과의 교역에 한 발 걸쳤다는 것을 뜻했다.

바바리안과 교역을 하는 물건의 40%는 백작을 통해 매각하는 것이 계약의 조건이다.

이를 대가로 제론은 백작령에서 활동하는 상단에 대한 세금 10%를 감면받았으며, 백작령과 남작령을 오가는 물건들은 저쪽에서 운송해 주기로 하였다.

이는 실로 제론에게 어마어마하게 유리한 조건이었다.

백작에게 가계약서가 도착하면 며칠이라도 고민을 할 줄 알았는데, 가차 없이 사인해서 보냈다.

이걸 보면 하네스 백작의 상재가 남다르긴 했다.

영주성으로 향하는 내내 로미드 준남작의 입에서는 칭찬이 마르지 않았다.

"어떻게 바바리안들을 이렇게 쉽게 구워삶은 것입니까? 놈들의 성질은 폭급하고 싸움질하기를 예사로 한다던데요."

"실제로 그렇긴 하더군. 심지어 지들끼리 싸우다 죽는 경우도 있더라니까?"

"허어, 정말 그러했습니까?"

"문화 차이라고 신경 쓰지 말라던데? 그래서 그러려니 했다네. 우리에게 피해만 주지 않는다면 지들끼리 주먹질을 하건, 칼질을 하건 무슨 상관이겠나?"

"그렇기는 합니다만, 정말 무식한 놈들이군요."

제론은 바바리안들이 얼마나 위험한지 썰(?)을 풀었다.

이런저런 이야기를 하다 보니 금방 공방 거리에 도착했다.

로미드 준남작은 개벽에 가깝게 변한 거리를 보며 놀람을 감추지 못했다.

"허어, 공방들이 이렇게 빨리 지어지다니요? 하루가 다르게 발전하는 영지를 보니 감탄을 금할 길이 없습니다."

"무얼. 가산을 다 털어서 발전시키고 있는데, 이 정도도 못 하면 가문은 끝장이 나는 것이지."

"지금 생각해도 대단한 결단이었습니다."

공방 거리에 도착하자 장인들이 달라붙어 바로 아이스트롤 사체를 해체하였다.

피를 뽑고 가죽을 벗기며 뼈를 추리는 장인들의 손길이 몹시 바빴다.

대설원 지역의 날씨는 매우 추워서 사체가 쉽게 부패하지 않았지만 페로우 영지는 그렇지 않았던 탓이다.

"우리는 물건들을 준비할 테니 자네는 잠시 영주성에서 쉬도록 하게. 늦어도 3일 안에 물건은 준비될 것이야."

"그럼 부탁드립니다!"

로미드 준남작은 별다른 의심 없이 돌아갔다.

여기에도 제론의 노림수가 있었다.

하네스 백작은 호위 병력으로 무려 300명이나 되는 인원을 딸려 보냈다. 그 많은 인원들이 길바닥에서 잘 수는 없었으니, 영지의 소상공인들은 많은 수익을 낼 것이다. 그것은 곧 세금이 되어 제론에게 돌아오는 것이었고.

3일까지 걸릴 일은 아니었으나 그들이 오래 체류할 수 있으면 좋았기에 넉넉하게 기간을 잡은 것이다.

로미드 준남작의 뒷모습을 보던 제임스 경이 혀를 내둘렀다.

"하네스 백작령에 돈이 썩어 난다고 하더니 300명이 3일이나 숙박하는 것을 아무렇지도 않게 생각하는군요?"

"하네스 백작도 아낌없이 주는 나무가 되어야지. 이제 시작일 뿐이네."

제론은 바바리안들에게 수급해 온 철광석을 싣고 강씨의 공방을 찾았다.

강씨는 바쁘게 인부들에게 이런저런 지시를 내리고 있는 중이었다.

건물을 지으랴, 무구들을 생산하랴, 정신이 없어 보였다.

그럼에도 강씨는 제론을 발견하고 반갑게 맞았다.

"어서 오게! 안 그래도 몇 가지 상의할 일이 있어 기다리고 있었다네."

"일은 잘되어 가나?"

"좀 더 지원이 필요한 것 같아. 무구까지 생산하려니 일손이 모자라서 말이지."

"그건 행정부에 말하면 바로 지원을 해 줄 거야. 자네의 일을 최우선으로 도우라고 특명을 지시해 놓았거든."

"고맙네!"

"이건 선물일세."

"오오! 뭘 이런 것까지."

강씨가 즐겨 피우던 담배, 장미였다.

그는 바로 라이터를 꺼내더니 긴 장초를 맛있게 피웠다.

"후우! 살 것 같군! 바로 이 맛이야. 요즘에는 필터 있는 담배 구하기가 하늘에 별 따기란 말이야."

"담배는 백해무익하니 끊는 것이 좋긴 하지."

"하하하! 괜찮네. 평생 담배를 피웠는데 별다른 이상이 없는 걸 보니 체질인 것 같아."

제론은 강씨와 이런저런 이야기를 나누다가 바바리안들에게 받아 온 강철 원석들을 감정해 달라고 부탁했다.

강씨는 공방에서 현미경을 가져와 매우 세밀한 감정에 들어갔다.

잠시 후 들려오는 강씨의 감탄사.

"어?"

"왜 그러나?"

"세상에 이런 광석도 있나? 색이 왜 이래?"

"색?"

제론은 강씨에게 현미경을 받아 직접 확인을 해 봤다.

그러고는 깜짝 놀랐다.

"아니, 이게 왜 여기에 있어?"

제론은 순간적으로 자신의 눈이 잘못된 것은 아닌지 의심했다.

 현미경으로 들여다본 강철 원석은 은색과 푸른색을 함께 내고 있었다.

 이것이 증명하는 바는 하나다.

 미량이지만 바바리안이 가져온 강철 원석에 미스릴이 섞여 있다는 뜻이다.

 전 대륙에서 미스릴은 극소량만 생산된다.

 이 신비한 광물은 녹는점이 낮은 것에 비하여 매우 단단하여 신의 금속으로도 불렸다.

 무구에 미스릴을 섞어 합금으로 만들면 그 완성도가 질적으로 달라진다. 일반적으로 만들어진 금속에 비해 5배 이상의 강도를 자랑하게 되는 것이다.

제론 역시 18년 이상 이곳에서 살아오면서 미스릴 원석은 처음 접하는 것이었다.

"미스릴……인 것 같은데?"

"미스릴!? 이 대륙에서만 난다는 희귀한 금속 아닌가!?"

"그렇……지?"

보면서도 믿을 수가 없을 지경이었다.

제론은 다른 원석도 가져와 감정했다.

"허, 이게 대체 무슨 일이지?"

모든 원석들이 비슷했다.

물론 원석 전체에서 함유량이 0.1%나 될까 말까 했지만 원래 미스릴이 그랬다.

미스릴이 만들어지는 원인은 아직 미스터리다.

유력한 가설로는 오래전 마나가 풍부하던 시절에 원석이 마나를 머금어 천천히 변형되었다는 것이다.

지금에 이르러서는 미스릴 원석이 채굴되는 광산은 지극히 드물었으며, 이 사실이 외부로 유출되면 영지에 피바람이 불어올 수도 있었다.

절로 제론의 목소리가 신중해졌다.

"이건 우리들만의 비밀이네."

"이를 말인가. 나도 바보는 아니야."

"분리는 할 수 있겠나?"

"녹는점이 청동보다도 낮다고 했지?"

"그렇다고 하더군."

"분리 자체는 쉬울 거야. 원석을 분쇄하는 것이 일이지만 기계 설비만 갖출 수 있다면 식은 죽 먹기지."

"기계 설비라."

"앞으로 꾸준하게 이런 원석들이 들어올 것이지 않나? 아무래도 지구에서 태양광 패널을 뜯어 와야 할 것 같네. 프레스로 원석을 잘게 부수면 미스릴 추출 따위야 일도 아니네. 미스릴괴를 만들 수도 있지."

"미, 미스릴괴라니!"

분명히 그런 주괴가 있다는 이야기를 들어 본 적이 있다. 페로우 영지와 인연이 없다고 여겼을 뿐.

그런데 미스릴을 뜬금없이 바바리안의 땅에서 발견된 것이다.

더욱 놀라운 사실은 바바리안 놈들이 이런 미스릴 원석을 길가에 굴러다니는 돌멩이 취급을 한다는 것이다.

청동이야 바바리안들도 재련을 할 줄 알았기에 거래를 시도하지 않았지만 강철 원석은 아니었다.

재련의 방법이 없었기에 가치가 없다고 생각하여 팔아먹으려 시도한 것이다.

제론은 주변을 둘러봤다.

병사들이나 가신들이나 아직까지는 별생각이 없었다.

제론과 강씨가 한국어로 이야기를 나누고 있었기 때문이다.

"어떻게든 미스릴괴를 만들면 엄청난 무구를 제작할 수 있을 것 같군."

"자네가 좀 더 수고를 해 주어야겠어."

"걱정 말게. 미스릴 주괴를 만들어 낼 수 있다면 고생도 아니지."

제론은 지구에서의 다음 경로를 설정하였다.

지금 머물고 있는 쉘터의 파밍이 끝나면 태양광 패널을 뜯어 온다.

굳이 태양광을 찾아 돌아다닐 필요는 없다.

지구의 웬만한 단독 주택에는 태양광 시설이 있었고, 급하면 쉘터 캠핑카의 태양광 패널을 뜯어 와도 되었기 때문이다.

제론은 강씨와 지구의 일정에 대해서도 이야기를 끝냈다.

다음번에는 함께 가기로.

강씨는 쉘터에서 태양광 패널을 분리하고 그곳에 있던 장비들을 모을 것이다.

그 이후에는 제론이 몇 주일에 걸쳐 그곳에 있는 물건들을 모조리 쓸어 올 작정이었다.

이것만 해도 엄청난 발견이었으나, 강씨는 벌써부터 그

다음 일정에 대해 생각했다.

"미스릴은 그렇다고 치고. 용광로가 문제인데."

"요, 용광로?"

"대량으로 질 좋은 철을 생산하기 위해서는 용광로가 필수적이지. 일명 고로라고 해야 하나? TV에서 많이 봤을 걸세."

"그걸 만들 수 있나?"

"인력을 갈아 넣으면 어떻게든 만드는 것이 가능하긴 하지. 다만 용광로 제작에 들어가는 화학 물질들이 문제라네."

"화학 물질이라……. 용광로는 어떻게 만드는데?"

"사실, 제작이 복잡하지는 않네. 철이 가라앉는 성질을 이용하는 것이라 구조가 단순해. 내화 벽돌만 있으면 만사형통이야."

"벽돌로 용광로를 만들어?"

"몰랐나?"

"내가 그걸 어떻게 알겠나."

생각지도 못한 방식이었다.

일반인이 과연 용광로가 어떻게 제작되는지 관심이나 가질까?

용광로 제작은 단순하다 못해 허탈할 정도로 간단했다.

다만 강씨의 말에 따르면 그렇게 단순해 보이는 구조도 수많은 시행착오를 거쳐 탄생하였으니 무시할 성질은 아니라는 것이다.

내화 벽돌은 점토 77%와 규석 2% 고알루미나 4%, 크로뮴과 마그네시아 17%가 사용된다.

점토를 화학 처리하여 건조와 소성 과정을 거치면 완성이다.

다만 이 화학 물질 제조가 까다로웠다.

강씨는 이에 대해서도 해결책을 내놓았다.

"가장 좋은 방법은 벽돌 공장에서 가져오는 거야. 그것도 안 되면 전원주택들 중에서 찾아봐야지."

"전원주택에도 내화 벽돌을 쓰나?"

"불에 강하니 종종 쓰지."

제론은 새삼 지구의 기술력에 감탄했다.

주택을 내화 벽돌로 만든다?

그마저도 요즘에는 벽돌로 만드는 집이 드물어 옛날 집들을 찾아봐야 했다.

카렌 대륙에서는 내화 벽돌이 천 년을 앞서 나가는 기술이었지만, 지구에서는 특수적인 목적으로나 활용한다고.

강씨와 이런저런 이야기를 하다 보니 시간 가는 줄을 몰랐다.

제론은 마지막으로 주물 제작에 대해 물었다.

"주물을 부어 무구를 생산하는 건은 어찌 됐나?"

"제작 자체는 어려울 것이 없을 것 같네. 이번에 미스릴 원석도 가져오지 않았나?"

"200점 정도 만드는 것은 가능한가?"

"200점? 500점도 가능하네."

강씨는 가슴을 두드리며 자신감을 드러냈다.

역시 그는 대단한 공돌이였다.

평생을 철쟁이로서 살아왔는데 최근 정체불명의 노인을 스승으로 모시면서 그 기술이 한층 발달하게 된 것이다.

강씨가 거침없이 영지의 공업을 활성화시키고 있었기에 제론 역시 빠르게 다른 일들을 처리할 수 있었다.

공방을 나온 제론은 바로 가르시아 경에게 다음 일정을 지시했다.

"정기 회의를 조금 앞당겨야겠다. 다들 모이라고 해."

"예, 영주님!"

가신단 회의.

한 주에 한 번 진행하는 정기 회의까지는 하루가 남아 있었다.

하지만 제론은 하루 당겨서 가신들을 소집했다.

몇몇 지방에 나가 있는 자들 빼고는 회의실로 모두 모였다.

제론은 가장 먼저 바바리안과의 교역에서 어떤 성과를 냈는지 알렸다.

대략적인 수입이 80만 골드 정도.

한 번에 이만한 자금을 벌어들였기에 카인을 비롯한 재무 관료들의 입은 찢어지기 직전이었다.

"정말 이번 한 번에 80만 골드를 벌었습니까!?"

"이런저런 잡비를 제외해야 하기는 하지만 매출이 그 정도 나오긴 했다."

"정말 대박입니다! 요즘만 같아서는 살맛이 나는군요!"

카인 경과 재무관들은 쾌재를 불러 댔다.

제론이 교역권을 획득하는 순간부터 영지는 이 시대 기준으로 그 유례가 없을 만큼 발전하고 있었다.

영지민들의 인식도 바뀌었고, 가신들도 열정적으로 영지 일에 임하니 새 영지 운동의 성과가 서서히 나타나고 있는 것이다.

영지에 엄청난 자금 역시 수혈되고 있었으니, 앞으로 1년만 지나면 도대체 영지가 어떻게 변화할지 제론마저 기대하게 되었다.

카인 경은 놀람을 간신히 삼키고 말을 이었다.

"세리아 양이 수도에서 경매를 하여 30만 골드를 벌었다고 합니다. 몇 회차에 걸쳐 매각할 예정이라는데 총액수는 70~80만 골드로 추정된다고 보고가 올라왔습니다."

"허, 그 정도인가?"

"명화 아닙니까? 저 역시 이 정도는 예상하고 있었습니다."

제론은 감탄을 토했다.

지구에서 명화를 가져와 팔아먹는다는 계획이 꽤나 참신하다고 생각하긴 했는데, 이 정도로 반응이 뜨거울 줄은 몰랐다.

"곧 2차 경매라고 하니 예상보다 고가에 낙찰이 될 수도 있습니다."

어디까지나 세리아가 보내 온 값은 추정치였다.

그 이상이 될 수도, 이하가 될 수도 있었지만 가신들은 100만 이상은 받을 것이라고 봤다.

"지금 영지에 많은 자금이 돌고 있으니, 재무관은 어떻게 해서든 재투자를 하도록 해. 밀려 있던 기반 산업들을 한꺼번에 추진한다."

"아직까지는 인력 수급이 나쁘지 않지만 사업을 늘리면 사람이 부족할 겁니다."

"그 정도인가?"

"워낙 추진하는 사업이 많아서 말입니다."

행복한 푸념이었다.

불과 몇 개월 전만 해도 돈이 없어서 다들 빌빌거리고 있었는데, 홍수처럼 자금이 밀려들어 오니 사람이 없어서 한계가 있단다.

"인력을 수급할 수 있는 방법에 대해서도 연구해 보도록."

"예, 영주님!"

"제널드 경, 레비온 자작에게서는 연락이 없었나?"

"영주님의 제안을 수락한다고 합니다."

"제안? 역시 웃기는 놈이군. 우리가 미끼를 던져 낚은 것이기는 해도 표면적으로 보면 놈이 강압을 하는 것이나 다름없는데 그런 표현을 쓰나."

"그만큼 영주님의 계획이 완벽했다는 뜻이 아니겠사옵니까?"

"하하하! 그렇기는 해. 내가 사람을 좀 잘 낚거든."

제론은 크게 웃어 젖혔다.

가신들도 마찬가지였다.

지금까지 고생만 했지 웃을 일이 별로 없었는데, 요즘에는 너무 일이 잘 풀리니 무슨 말을 해도 절로 웃음이 튀어나올 지경이었다.

"레비온 자작 이 멍청한 놈. 이번 영지전에서 패배하면 남작으로 강등이 될 수도 있겠는데?"

"그리 예정되어 있지요."

작위를 올리는 것은 쉽지 않지만 강등되는 것은 순식간이다.

5년 주기로 왕실에서는 전 귀족들을 대상으로 작위 심사를 한다.

영지가 현상 유지되면 작위도 유지가 되겠지만, 영지가 축소된다거나 큰 실책을 저지른다면 작위가 강등되기도 한다.

그런 식으로 백작에서 남작까지 내려온 가문이 바로 페

로우 영지였다.

"자, 실질적으로는 우리가 자작을 낚은 것이지만, 표면적으로는 놈이 우리를 낚은 것처럼 보여야 한다. 분명 자작은 먹음직스러운 먹이를 던지겠지? 크게 배팅을 하여 단숨에 영지전을 끝낸다. 그 전에 작업 하나를 하면 계획은 완성이야."

"작업이라시면?"

"랭턴 공작에게 서신을 보내 영지전을 지지해 달라고 해야겠다. 세리아 양에게 선물을 싸 들고 랭턴 공작에게 찾아가라고 지시하도록."

"가뜩이나 정계에서 영지전을 말리고 있다는데, 랭턴 공작께 부탁하면 만사형통이겠습니다."

"이번에 세리아 양이 가져간 와인은 이번에 다 밀어 넣으라고 해."

"바로 지시하겠습니다!"

이미 북쪽으로는 영토를 꽤 확장했다.

비록 텅텅 비어 있는 땅이었지만, 인구 못지않게 영지의 넓이도 승작에 중요한 작용을 한다.

바바리안 놈들이 강 이남으로 내려와 페로우 영지에 귀속된다면 피를 묻히지 않고 인구를 늘릴 수도 있는 것이다.

제론은 이 자리에서 강한 자신감을 드러냈다.

"이번 기회에 최소한 도시 하나는 뜯어 온다!"

아툰 왕국 수도 브란시아.

페로우 영지 내부에는 격변이 일어나고 있었으나, 브란시아에서도 몇 가지 일들이 추진되고 있었다.

카바인 가문의 차녀 세리아는 제론 페로우 남작으로부터 특명을 받아 왕국을 움직이는 귀족들에게 뇌물을 썼으며, 그들의 호의를 얻는데 성공했다.

그녀의 역할은 여기서 끝난 것이 아니었다.

왕실 경매장에 명화를 출품하여 막대한 이익을 냈으니, 실로 다재다능하다 할 만했다.

오늘은 2차 경매가 있는 날이다.

1차 경매에서 명화 '생명의 나무'는 30만 골드에 낙찰되었다.

낙찰자는 똑같은 명화가 랭턴 공작에게도 있다는 사실을 알면서도 막대한 자금을 들였다.

1차에 이만한 금액이 나왔으니 오늘 작품은 대략 40~50만 골드로 낙찰가를 예상해 볼 수 있었다.

그녀는 꽤 중요한 임무를 수행하고 있었으므로 제론은 세리아가 수도에 머무는 동안 불편함이 없도록 지원해 주었다.

하지만 정작 세리아가 돈을 쓸 일은 많지 않았다.

랭턴 공작을 비롯하여 정계의 유수한 인사들이 그녀의 편의를 봐주기 위해 노력하고 있었기 때문이다.

달칵.

아침에 일어난 세리아는 고급 여관의 테라스에 앉아 우아하게 홍차를 마셨다.

맑은 눈동자가 깨어나고 있는 거리로 향했다.

분주하게 움직이는 사람들.

각 점포들은 상품 진열에 들어갔으며, 아침 식사를 준비하기 위한 아낙들로 붐비기 시작했다.

높은 건물들과 잘 뚫린 도로는 브란시아를 일국의 수도라고 말하기에 부족함이 없었지만 지독한 냄새만큼은 적응이 되지 않았다.

"역시 우리 영지는 살기 좋은 곳이었어. 길거리에 굴러다니는 똥만 치워도 훨씬 나아질 텐데, 왜들 저러는 건지."

하루에 한번, 브란시아의 청소부들이 오물을 모아 가기는 한다.

문제는 그마저도 대충이었고, 관리들조차 그런 청소부들을 나무라지 않는다는 점이었다. 이 세상에 위생 개념이라는 자체가 없어 이 모양이다.

그녀가 묘한 감상에 빠져 있을 때였다.

똑똑.

"들어와."

VIP 룸으로 화려한 금발의 여성 상단원이 들어왔다.

릴리스는 세리아가 수도로 올라오기 전에 가려서 뽑은 부관이었다.

제법 상재도 있고 호신술도 뛰어났기에 세리아가 가신이 되면 그녀의 지위도 수직으로 상승하게 될 것이다.

릴리스 역시 그 사실을 알았기에 세리아를 보조하는데 열심이었다.

"세리아 님, 영지에서부터 전서구입니다."

"전서구?"

"영주님에게 새로운 명령이 내려왔어요."

세리아는 릴리스로부터 전서구를 받아 들었다.

명령의 내용은 꽤나 간단했다.

[랭턴 공작과 접선하여 레비온 가문과의 영지전을 지지해 달라 청할 것. 어떤 형태의 영지전이라고 해도 상관없으며, 이를 위해 가지고 올라갔던 와인을 모조리 선물하라.]

"……진심이신가?"

"여러 경로를 통하여 이와 같은 명령이 전달되었습니다. 영주님께서 명령을 내리신 것이라면 뭔가 깊은 심계가 있지 않을까요?"

릴리스 역시 제론이 범상치 않은 사람이라는 사실을 알았다.

다른 욕심 많은 영주들과 다르게 민심을 챙겼고, 어떤 일을 벌이더라도 심사숙고를 해 왔다.

그런 사람이 괜히 이런 판단을 내리지는 않았을 것이다.

"승리할 수 있다는 확신이 있으신 거야. 그렇다면 반드시 진행되어야 하는 일이지."

세리아는 눈을 빛냈다.

레비온 가문과의 영지전?

지금 수도에 깔아 놓은 인맥을 생각하면 그리 어렵지도 않은 일이었다.

릴리스는 그녀에게 한마디를 덧붙였다.

"마침 경매 당일이니 경매장에서 랭턴 공작과 접선하면 될 것 같습니다."

"준비해."

"예, 세리아 님."

세리아는 다시 테라스 밖을 바라보며 여유롭게 풍경을 감상하였다.

아무래도 오늘은 그녀의 인생 최고의 날이 될 것 같았다.

수도 외곽에 위치한 왕실 경매장.

이곳은 제후들이 여는 경매장이나 암시장과는 달리 어마어마한 규모를 자랑했다.

최대 3천 명을 수용할 수 있었으며, 건물 앞에는 마차를 보관할 수 있는 보관소까지 갖추고 있었다.

경매가 있는 날에는 왕실 기사들과 근위병까지 동원되어 경계했고, 고위급 귀족들이 수도 없이 참여했다.

왕족과 국왕까지 경매에 참여하는 경우도 있었으므로 보안 수준은 왕궁에 버금간다.

이런 질 높은 서비스(?)를 왕실에서 제공하는 덕분에 수수료가 15%나 되었지만 귀족들은 거리낌 없이 이용했다.

왕실 경매장을 이용하면 가품이 존재하지 않았다. 안전이 보장되는 것은 물론, 고가의 물건은 수도권에 한하여 직접 배송까지 해 주었다.

세리아는 입장료를 내고 경매장의 VIP 룸에 들어왔다.

VIP 룸은 경매장이 내려다보이는 룸 형식이었으며, 편안한 의자와 양질의 서비스가 제공됐다.

가장 좋은 자리에는 랭턴 공작이 자리하고 있었는데, 그는 이미 와인 한 병을 마신 상태였다.

"안녕하세요, 공작님!"

"이게 누군가. 세리아 양 아니신가?"

랭턴 공작은 오랜 지인을 대하는 것처럼 세리아의 이름을 불렀다.

이것이 다 뇌물의 힘이었다.

"약소하지만 선물을 드리려고 왔어요."

"응? 이미 많이 받았는데?"

세리아가 손짓을 하자 부관이 와인을 박스째로 가져왔다.

곱게 포장되어 있는 와인이 무려 8병이나 되었다.

제론과는 분기에 한 병을 보내기로 약속되어 있었는데, 그녀는 2년 치 와인을 한꺼번에 가져온 것이다.

랭턴 공작이 난감한 듯 웃었다.

"이거 무섭게 왜 이러나?"

"뭘요. 각하 덕분에 저희 주군은 물론이고, 저 역시 기를 펴고 살아가고 있는걸요."

"허허허! 듣기 좋은 말이군. 말해 보게. 무엇을 원하나?"

공작은 이게 평범한 선물이 아니라는 것을 알았다.

이 귀한 와인을 8병이나 받아먹고 입을 싹 닦는다?

귀족의 상식과는 맞지도 않았고, 세리아가 이대로 몸을 돌린다면 찜찜해서 잠조차 이루지 못할 것이다.

세리아가 활짝 웃으며 본론을 꺼냈다.

"레비온 자작이 이번에 영지전을 가결해 달라고 정계에 서신을 돌렸다고 알고 있어요."

"그렇지 않아도 막아 내고 있다네. 지금 시점에서 영지전은 가당치도 않은 일이지."

"그걸 가결시켜 주셨으면 해요."

"뭐라고?"

랭턴은 잘못 들었나 싶어 되물었다.

그러나 세리아의 눈빛은 전혀 흔들리지 않았다.

"가능할까요?"

"흠, 진심인가?"

"어떤 형식의 영지전이라고 해도 상관없어요. 다만, 이 대결의 책임은 본인들에게 있음을 명시하고 중앙에서 관리를 한 명 파견하여 공정한 영지전이 되었으면 합니다."

"허어, 진심이었군. 전면전은 어렵지만 대기사 영지전 정도는 가결할 수 있지."

"일대일 대결 말씀인가요?"

"그렇지. 대결 전에 계약을 맺고 왕실에서 공증하는 정도는 할 수 있다네. 허나 정말 괜찮겠나? 패하면 피해가 막심할 텐데."

"이번 대결에서 드래곤의 가호가 발동할 것이니, 반드시 승리할 것이라고 영주님께서 말씀하셨어요."

"드래곤의 가호!?"

세리아는 무겁게 고개를 끄덕였다.

이걸 믿어야 하나, 말아야 하나?

랭턴 공작은 꽤 놀랐지만 정말 드래곤의 가호가 발동되었는지는 심판으로 파견되는 중앙 관리에게 물어보면 된다.

"믿는 구석이 있다면……. 그래, 도와주지. 이 정도로 선물을 받아 챙기고 입을 닦는 것은 귀족의 도리가 아니지."

"감사합니다!"

"무얼. 온 김에 앉게. 오늘 경매에 물건을 내놓지 않았나?"

"네!"

그녀는 랭턴 공작과 앉아 경매를 구경했다.

랭턴은 마음에 드는 물건이 있으면 거침없이 손을 흔들어 참여하였는데, 오늘 그가 사용한 돈만 해도 10만 골드는 되었다.

상계에 몸을 담고 있는 세리아조차 혀를 내두를 지경이었다.

경매는 거의 한 시간이나 이어졌고, 그녀가 가져온 명화는 마지막에 등장했다.

"오래 기다리셨습니다! 페로우 가문의 명화가 이번 경매에도 등장하였습니다!"

"오오!"

웅성웅성!

순식간에 경매장이 술렁거리기 시작했다.

지금껏 페로우 가문에서는 세 점의 명화를 뿌렸다.

한 점은 랭턴 공작의 '생명의 나무', 또 한 점은 국왕에게 선물한 '모나리자'였다.

나머지 한 점은 지난번 경매에 랭턴 공작에게 선물했던 것과 같은 생명의 나무였는데, 30만 골드라는 무지막지한 가격에 낙찰됐었다.

심지어 그걸 사 갔던 사람이 라이온 공작이었기에, 이번에도 경쟁이 대단할 것으로 예상됐다.

경매 진행자는 휘장을 걷었다.

촤악!

"소개합니다! 고대로부터 내려왔다는 전설적인 명작. 천지창조입니다!"

"뭣이!? 천지창조!?"

"허어, 이런 작품이 존재했었나?!"

어마어마한 충격이 실내를 휘감았다.

엄연하게 말해 천지창조는 벽화였지만, 그걸 프린트하는 일이야 지구에서는 일도 아니었다.

지구의 주택에는 잘 어울리지 않는 그림이었지만, 이걸 중세에 가져다 놓으면 어떨까.

 저택 로비에 하나 걸어 놓으면 굉장히 웅장한 느낌을 줄 것이다.

 또한 이번에는 아크릴 액자 3점이 하나의 세트를 이루고 있었다.

 창조론을 믿는 카렌 대륙인들이었으니, 지금 나온 작품을 보고 눈이 튀어나올 정도로 놀라는 것이다.

 "아무리 상상력에서 나온 그림이라지만, 마치 저 안에서 창조가 이루어지는 것 같은 놀라운 광경이 아닌가!"

 "실로 대작이로구나! 이 세상에 단 하나밖에 없는 명작이다!"

 다들 호들갑을 떨어 댔다.

 눈이 커지는 것은 랭턴 공작도 마찬가지였다.

 "실로 탐스러운 그림이로군!"

 "그렇게 보이시나요?"

 "그렇다마다!"

 "저걸 액자 하나로 축소한 그림이 있어요. 그건 추후 영주님께서 선물을 하신다고."

 "허어! 진심인가!?"

 "그럼요."

 "허, 허험. 힘든 일이 있으면 언제라도 말씀하시게!"

랭턴 공작은 명화를 또 선물한다는 소리에 헛기침을 하다가 사레까지 들렸다.

이미 공작의 저택에는 생명의 나무가 떡하니 자리하고 있었으니, 무리해서 오늘 낙찰을 받을 필요는 없었다.

제론이 공짜로 또 그림을 선물한다고 하니, 심신까지 편안해졌다.

세리아는 그런 공작의 반응을 보며 씩 웃더니 경매에 집중했다.

"이번에는 지난 낙찰가를 일부 반영하여 10만 골드부터 시작하겠습니다! 10만 없으십니까?"

"35만!"

"와아! 시작부터 열기가 거셉니다! 35만 나왔군요! 36만 없으십니까?"

"36만!"

"40만!"

"40만 나왔습니다! 더 없으십니까!?"

"45만!"

"45만이라니! 영지의 한 해 운영비가 아닌가!?"

실로 막대한 가격이었다.

과열되는 경쟁.

세리아는 오늘 경매를 계기로 물량을 적게 푸는 것이 오히려 돈을 버는 길이라는 사실을 깨달았다.

제론 남작이 그렇게 말할 때에는 다소 이해되지 않기도 했으나, 지금 보니 확실하게 알 수 있었다.

사람들은 희소성에 열광한다.

명화가 몇 점 풀리지 않았기에 오히려 더 욕심을 내는 것이다.

"50만!"

VIP 룸 쪽에서 육성이 터져 나왔다.

사람들은 막대한 가격을 외친 사람의 얼굴을 확인했다.

그는 4왕자파 수장이자 보급 사령관인 하만 공작이었다.

경쟁 파벌에서 하나씩 명화를 가져가니, 그 역시도 묘한 심리가 발동하여 통 크게 질러 버린 것이다.

"50만 나왔습니다! 더 없으십니까?"

"……."

"낙찰!"

탕! 탕! 탕!

짝짝짝짝!

쏟아지는 박수갈채.

사람들은 방금 나온 '천지창조'를 값을 매길 수 없는 보물이라고 평가했다.

물론, 그래 봤자 페로우 영지 창고에는 똑같은 그림이 열 점 이상 굴러다녔지만.

'상관없겠지? 나는 저게 한 점이라고 말한 적이 없으니

깐?'

세리아는 입꼬리가 뒤틀리는 것을 참느라 애를 써야 했다.

경매가 끝난 후, 그녀는 랭턴과 인사를 나누고 헤어졌다.

"수도를 떠나기 전에는 반드시 저택을 들러 주게."

"네, 공작님!"

세리아는 경매에 딱 세 번만 참여하고 내려갈 생각이었다.

그 이상 그림을 많이 풀어 버리면 값이 떨어질 것이고, 희소성을 살릴 수가 없다.

앞으로 돈이 떨어질 때마다 경매에 명화가 등장할 것이니, 페로우 영지는 마르지 않는 자금 하나를 손에 쥐게 된 것이었다.

세리아가 자금을 수령하러 경매장 관리소를 방문하였을 때, 그녀는 의외의 인물과 마주하였다.

왕실 기사단장 제크 자작이었다.

"세리아 양? 잠시 이야기를 좀 나눌 수 있을까요?"

"네? 무슨 일이신지······."

"다음 경매에서 나오는 작품은 폐하께서 매입을 하고자 하십니다."

"······!"

제론은 아침 일찍부터 일어나 페로우 숲으로 향할 준비를 하고 있었다.

페로우 숲.

전전대 페로우 남작이 유야무야 집어삼킨 땅이다.

그 당시에는 페로우 가문이 이렇게까지 바닥을 치고 있던 때가 아닌지라 레비온 가문에서도 별다른 말을 하지 않았다.

쓸모도 없는 숲 하나에 영지전까지 벌이는 것은 손해였던 것이다.

하지만 지금은 상황이 많이 다르다.

제론의 정치 공작으로 인하여 철광산이 있는 것처럼 포장됐고, 페로우 영지군이 약골처럼 보이자 레비온 자작의 욕심은 폭발하기에 이르렀다.

며칠 전부터 레비온 자작은 사신을 보내 계속해서 회담을 독촉하고 있었다.

제론은 어제가 돼서야 수락했고, 자작은 오늘 바로 만나자고 연락을 해 왔다.

오늘 회담에는 최소한의 인원만 동원된다.

아직은 양 가문의 분위기가 좋은 편에 속했기 때문이다.

기사 10명과 병사 200명으로 호위대가 구성됐다.

제론의 측근 경호를 맡은 레일라 경이 집무실에 도착했다.

"영주님, 준비 끝났습니다."

"그래? 그럼 가 보자고."

제론은 각오를 다졌다.

이번 기회에 레비온 자작의 영지를 최대한 줄여 놓아야 한다.

그래야 그 돼지 같은 얼굴의 자작과 얼굴 붉히는 일이 없을 것이다.

"주구우우운!"

제론이 막 집무실을 나서는데, 가르시아 경이 헐레벌떡 달려왔다.

"무슨 일이냐?"

"세리아 양에게 전서구가 도착했습니다! 그런데 내용이……!"

"내용이 어떤데?"

"다음 경매에 나오는 물건을 국왕께서 매입하시겠다고 합니다!"

"뭐야!?"

제론의 얼굴이 와락 일그러졌다.

국왕의 매입?

세리아에게 사람을 보내 직접 의사를 타진했을 정도면 단순히 매입하겠다는 의사가 아니라 그냥 내놓으라는 협박이나 마찬가지였다.

"값은 넉넉하게 쳐 주겠다고 하는데, 어찌 서신을 보낼까요?"

"미쳤냐? 국왕에게 돈을 받고 팔아? 무슨 욕을 처먹으려고."

"그럼……. 선물을 해야겠죠?"

"와, 국왕이라는 사람이 양심도 없네? 그걸 공짜로 삼키려 들다니."

"긍정적으로 생각할 수도 있어요."

레일라 경이 조용히 입을 열었다.

"긍정적으로 생각한다?"

"국왕 폐하는 귀족의 주체. 뭔가 받으면 내놓아야 한다는 사실은 알겠죠. 이번 영지전에서 주군이 승리하시면 바로 승작을 시켜 주지 않을까요?"

"……!"

제론과 가르시아 경의 눈동자가 동시에 확장됐다.

'왜 그 생각을 못 했지?'

이번에도 명화를 국왕에게 선물하면 그가 제론에게 생기는 빚은 두 개다.

첫 번째 빚은 다소 무리한 조건의 영지전의 윤허이며, 두 번째 빚은 제론의 승작으로 이어질 것이다.

레일라 경의 말대로 국왕은 이 나라의 주체였다.

각 왕자들이 파벌을 갈라 싸워 대도 귀족들은 국왕의 말에 절대적으로 따를 수밖에 없었다.

"선물하라고 해."

"예! 바로 그리 보내겠습니다!"

가르시아 경은 왔던 것과 마찬가지로 요란하게 사라졌다.

제론은 잠시 국왕의 성향에 대해 생각해 봤다.

현 국왕은 딱히 폭군도 아니고 성군도 아니지만, 받은 것만큼은 확실하게 돌려준다.

레일라의 예상대로 될 가능성이 높았다.

"나쁘지 않은데?"

페로우 숲에 막사 하나가 설치되어 있었다.

이제 날씨도 슬슬 가을바람을 머금고 있어 대낮에도 선선했다.

하지만 눈앞의 레비온 자작은 뭐가 그리도 더운지 부채질을 하는 시녀들까지 대동하고 왔다.

초고도 비만에 숨쉬기도 힘들어할 만큼 비대한 덩치.

살이 접힌 부분마다 땀이 줄줄 흐르며 좋지 않은 광경을 만들어 냈다.

그뿐만이 아니었다.

냄새는 또 얼마나 고약한지 마주하고 있는 것이 괴로울 지경이었다.

제론은 초인적인 인내로 영업용 미소를 지으며 레비온 자작에게 인사했다.

"또 뵙습니다, 자작님."

"허허허! 자작이 뭔가. 그냥 형님이라고 부르라니까. 이 우형은 언제나 자네를 동생으로 생각해 왔다네."

"귀족 간의 위계가 철저할진데, 어찌 그럴 수 있겠습니까?"

"하여간 못 말리겠군."

제론과 레비온 자작은 웃으며 이야기를 나누었지만 기사들의 분위기는 꽤 살벌했다.

지금 양측 영주들은 영지전을 논하기 위해 온 것이었다.

영지전에서 영주들이 직접 검을 들 일은 없겠지만 기사들은 달랐다.

이 때문에 기 싸움이 치열한 것이다.

레비온 자작은 물을 탄 포도주를 벌컥벌컥 들이켰다.

이제야 좀 살겠다는 표정을 지은 그는 슬슬 입에 시동을 걸었다.

"이번 사건은 개인적으로 꽤 안타깝게 생각하네. 이 우형은 굳이 이 작은 땅을 건드리고 싶지 않지만, 기사들과 병사들이 성화니 어쩌겠나? 자네도 영지를 다스리다 보면 잘 알겠지. 우리 영주들은 군심에 민감할 수밖에 없다는 사실을 말이야."

"제가 그 사실을 어찌 모르겠습니까? 다 이해합니다."

"상황이 이러하니 어쩔 수 없이 해결 방안을 모색할 수밖에 없었다네. 하나 제안을 하자면 이 땅을 걸고 작은 시합을 하면 어떻겠나?"

"시합이요? 가결이 될지 모르겠습니다."

"가결이 된다고 치면?"

"그렇다고 친다면."

지금부터가 본론이다.

레비온 자작은 이 말을 하기 위해 지금까지 이빨을 털어 댔던 것이다.

하지만 지금의 모든 상황은 제론이 설계한 것이다.

어디까지나 레비온 자작이 안달을 낸 것처럼 보여야 한다.

"가결이 된다고 해도 제게 손해가 아니겠습니까? 제가 어떻게 고명하신 자작님과 칼을 맞댈 수 있다는 말입니까?"

"아무래도 영지전을 벌이는 위험성에 비해 고작 이 숲 하나를 인정받는다는 것이 탐탁지 않은 모양이군?"

"솔직히 그렇습니다."

"허허허! 그래, 내가 동생의 배포를 얕잡아 보았네그려."

촤악!

레비온 자작이 영지 전도를 폈다.

군사 지도가 아니었기에 대략적으로 그려진 것이었고, 이 지도 안에는 페로우 남작령도 어느 정도 표시되어 있었다.

영 못 쓸 정도는 아니었지만, 지구의 지도가 어떻게 완성되는지 알고 있던 제론에게 있어서는 쓰레기나 마찬가지인 양피지다.

레비온 자작은 영토의 큼지막한 부분을 펜으로 쭉 그었다.

숲 하나가 아니라 마을이 다섯 개나 포함되어 있는 땅이었다.

"이 정도면 만족하겠나?"

"자작님, 좀 더 크게 가시지요. 영지전이라는 타이틀도 붙었는데 쩨쩨하게 이럴 수는 없습니다."

"그, 그래? 그렇다면 자네가 한번 그려 보게."

제론은 레비온 자작 가문이 소유하고 있는 도시 파레안까지 쭉 선을 그었다.

도시를 중심으로 마을이 10개나 되었으며, 레비온 자작가의 3할에 달하는 땅이었다.

이 말도 안 되는 요구 때문에 순간적으로 레비온 자작의 가면이 벗겨지려 했다.

'이런 욕심 많은 새끼!'

자작 가문의 도시는 총 3개.

파레안은 영지의 수도 다음으로 발달한 도시였으니, 이게 미친 제안처럼 들리는 것이다.

레비온 자작은 이를 인정할 수가 없었기에 바로 반박하려 했다.

하지만 그보다 제론의 반응이 좀 더 빨랐다.

"그리고 저는 자벤을 걸겠습니다."

"뭣이!?"

"이 정도는 되어야 시원하게 영지전을 벌일 수 있는 것이 아니겠습니까?"

"자네가 자벤을 걸면 페로우 평야가 내 손에 들어오게 되는데?"

"다행히 이번에 렘버린 강까지 영토를 확장할 수 있었습니다. 도시는 또 세우면 되는 것 아니겠습니까?"

"허어."

제론의 어마어마한 패기에 자작은 순간적으로 할 말을 잃고 말았다.

레비온 자작이 페로우 남작령에 속한 자벤을 빼앗으면 자동으로 거대한 곡창 지대를 손에 넣게 된다.

단순 계산만으로도 밀 생산량이 30%는 증가한다.

"너무 무리하는 것 아닌가?"

"쩨쩨하게 보이는 것이 싫을 뿐입니다."

"자네가 패배하면 상당한 손실을 보게 될 텐데?"

"하하하! 그래도 양측 가문의 우정은 이어질 것이니 상관없습니다."

'똑똑한 줄 알았는데, 그냥 미친놈인가?'

레비온 자작은 도저히 제론의 생각을 이해하지 못했다.

영지전이 벌어지면 당연히 자신이 승리할 수 있다고 여겼기에 나오는 반응이었다.

제론은 좀 더 레비온 자작을 부추겨 보기로 했다.

"저는 자작님의 그릇이 작다고 생각하지 않습니다. 남자라면 마땅히 이 정도 승부는 해야지요. 그게 아니라면 영지전을 할 이유가 없습니다. 고작 광산 하나요? 그걸 누구 코에 붙입니까?"

"진심으로 하는 소리겠지?"

"사나이 발언에 허언은 없습니다!"

"으음……."

자작은 장고에 들어갔다.

그는 제론이 믿고 있는 것이 무엇인지 파악하려 애썼다.

'놈이 이 정도까지 자신감 있게 나온다면 특별한 무기라도 만들어 둔 것인가?'

자작은 눈치로 제론의 생각을 읽으려 들었지만, 실패했다.

제론 역시 눈치 백단인 인물 아닌가.

전생의 기억 때문이라도 표정을 감추는 일에는 능숙했

다.

이쯤 되자 자작은 대놓고 물어볼 수밖에 없었다.

"도대체 자네가 믿는 것이 무엇인가?"

"수호룡의 가호지요. 영지전이 벌어졌는데 뭔가 도움이라도 주지 않을까요?"

"뭐!? 허허허허!"

자작은 허탈한 듯이 웃었다.

지금까지 그는 제론의 나이를 간과하고 있었다.

고작해야 제론은 10대 후반.

성인이 된 지 얼마 되지도 않았으며 올해 작위를 이어받은 신임 영주다.

소년이 몽상을 하는 것은 종종 보아왔던 일.

레비온 자작은 나름대로 제론이 뛰어난 영주라고 평가했었으나, 지금 보니 노영주의 기조를 그대로 이어받은 것뿐이었다.

'고작 믿는 것이 전설 속의 수호룡이라면!'

탕!

자작은 테이블을 내려치며 호탕하게 웃었다.

"으하하하! 이 우형은 진심으로 감탄했다네! 암, 사내 배포가 이 정도는 되어야지. 그렇고말고."

"협의하시는 겁니까?"

"우선 가계약을 하세. 그리고 중앙에서 허가가 떨어지면 이걸 기반으로 하여 정확하게 계약서를 작성하는 것이야. 어떤가?"

"좋지요! 어차피 이렇게 작성한다고 해도 중앙에서 가결이 될지 말지는 모르는 일 아니겠습니까?"

"동생의 말이 맞네!"

제론과 레비온 자작은 헛소리를 잘도 포장하였다.

양측 영주는 아무것도 아닌 듯이 가계약을 했지만 그 내용은 무시무시했다.

남작령에서 도시 하나가 떨어져 나가면 페로우 가문 자체가 몰락해 버릴 수도 있었다.

레비온 자작의 경우는?

곡창 지대와 도시, 마을들을 잃고 남작령으로 주저앉게 된다.

양측 영주들은 둘 다 꿍꿍이를 가지고 있었으며, 본인이 승리할 것이라고 예상했으므로 신속하게 계약이 추진됐다.

어차피 진짜 계약서는 중앙의 관리를 통해야겠지만, 여기서 협의되는 내용이 그대로 계승될 예정이었다.

제론이 건 도시 자벤보다 레비온 자작이 가진 파레안의 가치가 1.5배는 높았지만 양측은 흔쾌히 사인을 마쳤다.

가계약을 마치고 그들은 악수를 나누었다.

서로 웃고 있었으나 속으로는 칼을 품으면서.

'애송이! 네놈은 곧 영지조차 모두 빼앗기고 몰락 귀족

으로 살아가게 될 것이야.'

'자작, 이번 기회에 남작으로 다시 내려가야지? 네놈이 나보다 상위 귀족이라니. 구역질이 나와 견딜 수가 있어야지.'

지난 이틀 동안 영지전에 대한 협의가 신속하게 이루어졌다.

전체적인 줄기는 양측 영주들이 잡았지만, 협상단이 따로 만나 세부적인 협의를 해 나갔다.

이런 절차가 필요한 것은 추후 분쟁을 막기 위함이었다.

이 시대의 영주들은 땅 한 조각 빼앗기는 것도 싫어했다.

전전대 페로우 남작이 분쟁 지역을 유야무야 영지의 권역에 포함시킨 것은 그 땅이 불모지였기 때문이다.

페로우 숲에 정말 광산이 존재하거나 약초라도 풍부한 땅이었다면?

전전대 남작이 그렇게 선포를 하는 순간 전쟁이 벌어졌을 것이다.

실무자들은 전쟁 전후로 누가 승리하느냐에 따라 영토를 어떻게 나눌 것인지 협상했다.

사실 조건 자체는 페로우 영지에 유리하게 진행됐다.

지금의 상황은 누가 보아도 레비온 자작이 억지를 부려 만들어진 것이었으니, 자작령의 실무자들도 어느 정도의 손실을 감수해야 한다고 봤다.

제론이 승리할 경우에는 레비온 자작의 작위가 강등될 것이다.

가계약의 세부 조약까지 마치고 나자 제론은 노영주 아크 페로우에게 문서를 보여 주었다.

"영지전을 한다고?"

"레비온 자작 녀석이 워낙에 강경하게 나가니 어쩔 도리가 없었습니다."

"허어, 그렇다고 전전대 영주들끼리 협의한 내용으로 시비를 걸어? 정말 몹쓸 자식이 아닌가!"

"그래서 손을 보려 합니다."

"가능하겠느냐?"

"제가 손해 볼 짓을 하겠습니까?"

"그건 그렇다만."

아크 페로우는 무슨 말을 꺼내려다 말았다.

지금 페로우 영지의 영주는 제론이었다.

그는 가문의 운명을 짊어지는 존재였으며, 아무리 노영주라고 해도 영주의 결정을 정면으로 반박할 수 없는 것이다.

오두막에서는 맛있는 냄새가 진동하고 있었다.

아크 페로우는 강유정이 만드는 음식에 관심을 기울이면서도 가계약서를 다시 한번 훑어봤다.

"승리하기만 하면 바로 승작이 가능할 수도 있을 만큼 파격적이긴 하구나."

"곧 그리될 것입니다."

"방법은 있고?"

"선대로부터 내려오는 가문의 힘이 있지 않습니까? 영지전은 소규모 혹은, 일대일 대결이 될 겁니다. 시작이 되자마자 끝낼 수 있죠."

"허허, 네가 그리 자신한다면야."

아크 페로우는 가계약서에서 신경을 껐다.

워낙에 큰 계약이었기에 아크 페로우도 알아야 한다고 생각했을 뿐, 제론이 아버지에게 조언을 구하려는 것은 아니었다.

잠시 후, 테이블 위로 잘 구운 닭 요리가 나왔다.

고소하게 풍기는 향과 바삭바삭하게 구워진 껍질.

딱 제론이 원했던 굽기였다.

"이야, 유정 경은 정말 요리를 잘해. 대체 어디서 배웠나?"

"제가 살던 동방은 음식이 잘 발달되어 있거든요."

"경 덕분에 내가 맛이라는 것을 느끼게 됐어. 얼마나 고마운지 모른다네."

"별말씀을 다 하세요."

이제 강씨 부녀도 어느 정도 대륙 공용어를 구사할 수 있게 됐다.

 잘 들어 보면 대륙 공용어는 영어와 유사한 점이 많아 간단한 대화 정도는 어렵지 않게 배울 수 있는 것이다.

 다들 구운 닭에 맥주를 한 잔씩을 마셨다.

 제론이 쉘터에서 구해 온 병맥주였고, 이걸 마법으로 차갑게 만들었으니 아크 페로우는 신세계를 경험했다.

 심지어 어머니나 여동생까지도 '치맥'이라는 오묘한 맛에 빠져들고 말았다.

 멸망한 지구에서도 치맥은 귀한 조합이었다.

 살아 있는 닭을 구하기가 힘들었고, 있다고 해도 그걸 잡아먹는다는 것은 쉽지 않은 선택이었다.

 그에 비하여 카렌 대륙에는 닭이 널려 있었으니 신선한 재료를 수급하여 튀김을 하거나 굽는 등의 요리를 했다.

 매일 있는 가족 식사에 강씨 부녀가 함께하게 된 것은 최근이었는데, 강씨와 아크 페로우는 죽이 잘 맞았다.

 취미도 비슷했고, 깊이 있는 대화를 나누는 것을 좋아했다.

 물론 강씨의 대륙 공용어가 익숙하지 않아 완벽하게 뜻이 통하는 것은 아니었지만 이만하면 장족의 발전이었다.

 식사를 끝낸 후 제론과 강씨는 호수 앞으로 나왔다.

 제론은 가만히 잔잔한 호수를 내려다봤으며, 강씨는 이제 몇 개 남지 않은 지구의 담배를 태웠다.

 "한 씨, 아까 이야기를 듣다 보니 영지전을 한다고?"

"그렇게 됐어."

"전쟁을 벌여 땅을 빼앗는 건가?"

"전쟁까지는 가지 않을 거야. 지금 정세가 그리 좋지는 않거든. 일대일 대결이 될 가능성이 높아."

"일대일 대결이라……. 자네가 직접 참여하는 건 아니지?"

"아무래도 그렇지. 일대일 대리전쟁에 영주가 직접 참여하는 경우는 드물거든."

"승리할 수 있는 방법은 있나?"

"무얼. 그냥 멀리서 쏴 죽이면 끝이지."

"오호! 그래도 되나?"

"알게 뭔가? 지들이 저격총의 존재를 알 거야, 어쩔 거야. 멀리서 쏴 버리고 드래곤의 가호라고 둘러대면 그만인걸."

"하하하! 아주 볼 만하겠구먼!"

강씨는 매우 유쾌하게 웃었다.

레비온 자작은 자신이 반드시 이길 것이라고 확신하고 있었지만 그건 잘못된 생각이다.

제아무리 냉병기를 잘 사용해도 저격총에 머리를 맞고 버틸 수 있는 인간은 존재하지 않는다.

해가 완전히 넘어간 후, 강씨의 공방.

제론은 가능하면 지구로 넘어갈 때 보안을 철저히 유지했다.

제론이 포탈을 열 수 있는 능력을 가졌다고 알려진다면, 수도 없이 귀찮은 일이 발생할 것이기 때문이다.

제론의 측근들이나 가족들조차 그 능력에 대해서는 알지 못했다.

물론 지구에서 넘어온 강씨 부녀는 예외다.

강유정도 함께 가면 좋겠지만 마력 소모가 심해 오늘은 강씨만 데리고 넘어가기로 했다.

"이거 두 분만 보내려니 너무 불안한데요?"

"거긴 괜찮을 거야. 1년 전에 변이체가 다녀가기는 했지만, 최근에는 어떤 흔적도 발견할 수 없었거든."

"두 분, 약속해요. 위험이 닥치면 바로 돌아오겠다고."

"약속하지."

"아빠도 약속하셔야죠?"

"허허허, 약속하마."

제론이 강씨를 데려가려는 이유는 쉘터에서 필요한 물건들을 분류하기 위해서였다.

제론 역시 지구에서 살았던 생존자로, 여러 가지 기술을 지니고 있었지만 전문적인 공돌이 수준은 아니었다.

태양광 패널을 분리하고 거기에 전기를 연결하는 등의 전문 기술자가 반드시 함께 가야 하는 것이다.

스스슷.

제론은 포탈을 열었다.

강유정이 먼저 포탈 안쪽을 자세하게 살폈다.

혹시라도 변이체가 있거나 약탈자들이 쉘터를 점거하지 않았는지 확인을 하는 것이다.

쉘터는 제론이 떠났을 때 그대로의 광경이었다.

오래된 인골들이 굴러다녔고, 여러 집기들이 널브러져 난장판이었다.

그래도 생명체의 흔적은 없었다.

강유정은 그제야 안심했다.

"들어가셔도 좋아요."

"그럼 다녀오마!"

"변이체 조심하세요!"

제론은 강씨를 데리고 차원의 문을 넘었다.

그래도 예전처럼 기온 차이가 극심하지는 않았다.

대략 10도 전후랄까?

영하의 날씨였지만 그들은 곧 지구의 온도에 적응했다.

오늘은 햇볕도 강해서 활동하기에 좋았다.

강씨는 난장판이 된 쉘터를 보며 혀를 찼다.

그 역시 오랜 시간을 멸망한 지구에서 살아왔던 만큼, 대충 여기서 무슨 일이 벌어졌는지 단숨에 파악했던 것이다.

머리에 구멍이 난 인골들과 사방에 튀긴 총탄의 흔적이 가득했다.

변이체가 총질을 하는 경우는 없으니, 약탈자들이 쳐들

어왔었다는 사실을 쉽게 짐작할 수 있었다.

"지구에서 살 무렵에는 매일 느낀 것이지만, 변이체보다 더 무서운 것이 사람이라네. 세상이 무너진 후, 성악설을 믿게 됐지."

"그건 나도 마찬가지야."

그 둘은 더 이상 인간의 불신에 대한 말을 삼갔다.

제론이나 강씨나 지구에서 잔인한 광경들을 많이 보며 살았으니, 굳이 그런 이야기를 꺼낼 필요는 없었다.

"그럼 시작해 볼까?"

"그러자고. 나름대로 카렌 대륙에서 살다 보니 불편한 점들이 많더군. 내게 있어 여긴 보물 창고나 마찬가지고."

둘은 묵묵하게 자신들이 할 일을 했다.

강씨는 캠핑카 위에 설치되어 있던 태양광 패널을 분리했고, 제론은 그걸 지상으로 내려 차곡차곡 쌓았다.

그리고 시간이 남으면 캠핑카에 있는 가전제품들 역시 쓸어 와 한곳에 정리했다.

태양광 패널을 모두 떼어 낸 강씨는 작업장에서 필요한 공구들을 챙겼다.

지구에서 사용하던 장비들은 카렌 대륙에서 구하기가 불가능한 것들이 많았다.

카렌 대륙은 고작 청동기에서 살짝 벗어난 정도의 단조 기술을 가지고 있었으니 자동차 부품만 해도 보물로 둔갑

할 수 있는 것이다.

한창 장비들을 쓸어 담던 강씨는 제론을 불렀다.

"한 씨. 보물창고 구경을 해보겠나?"

"보물 창고?"

강씨는 제론을 캠핑카 안으로 데려왔다.

캠핑카 바닥에 깔려 있는 퀴퀴한 카펫을 들어내자 작은 문고리 하나가 나왔다.

마치 단독 주택에 재난을 대비한 비밀 창고를 만들어 놓은 듯한 모양새였다.

끼이익!

강씨가 문을 열자 낡은 경첩에서 비명 소리가 났다.

그리고 드러난 내부.

이곳에는 자루가 하나 들어 있었는데, 정체불명의 금속들이 가득 담겨 있었다.

"이게 뭔가?"

"희토류 금속이라고 들어 봤나?"

"희토류!?"

"음양면에서 나와 혼자 떠돌던 시절, 근처 공장을 털어 금속을 얻었다네."

"허어, 대박이군!"

"그때도 난 가치를 알아봤다네. 이제 지구에서는 희토류 금속을 구경하는 것이 쉬운 일이 아니지 않나."

"그렇겠지?"

지금 당장 희토류 금속을 어디에 써야 할지는 감이 잡히지 않았지만, 그런 일은 공돌이인 강씨가 알아서 할 것이다.

제론은 희토류 금속들을 지구에서도 구할 수 없다는 사실을 알았다. 오래전에는 전략 자원으로 구분되었다는 것도.

과연 강씨는 이 금속들로 무엇을 만들어 낼까?

생각만 해도 기분 좋은 일이다.

콰과광!

"……!"

제론과 강씨가 차량 밑바닥에서 여러 가지 금속들을 실어 나르고 있을 때, 어디선가 공기를 찢는 굉음이 울려 퍼졌다.

이는 단순한 총소리가 아니었다.

최소한 수류탄이나 C4 폭탄이 터져야 이런 소리가 난다.

제론과 강씨는 하던 일을 멈추고 바로 초소로 올라왔다.

쉘터에서는 주변이 잘 보이지 않았지만, 초소에서는 한눈에 주변 환경이 들어온다.

그들은 동시에 망원경을 들어 소리의 근원지를 쫓았다.

타다다당!

간헐적으로 총소리와 수류탄이 터지기도 했다.

군용 트럭에 탄 군인들이 변이체 몇 마리와 싸우고 있었다. 쉘터에서 대략 300미터 떨어진 곳.

아직 위험하지는 않았지만, 굉장히 가까운 거리임에는 틀림없었다.

제론이 강씨를 바라봤다.

"군인? 이 세상에 군인이 남아 있었군."

"참군인은 아닐 걸세."

"그럼?"

"군인의 탈을 쓴 약탈자들이겠지. 자네도 알지 않나? 지금껏 만났던 군인들은 전부 총을 든 강도 조직이었다는 것을."

"그래도 부대가 있다니, 한편으로는 놀라운데?"

제론은 혀를 내둘렀다.

약탈자 집단으로 변했다지만, 이 정도 무력을 보유하고 있는 세력이 아직 지구에 남아 있다?

군인들을 이끌어 나가기 쉽지 않았을 텐데, 기강이 아직도 무너지고 있지 않다면 저들은 강력한 지도자 아래에서 활동한다는 뜻이었다.

쾅!

돼지 근육 진화체가 트럭을 단숨에 뒤집어 버렸다.

그 안에서 군인들과 온갖 무기들이 줄줄 쏟아졌다.

강씨는 그 광경을 보며 말했다.

"호랑이는 죽어서 가죽을 남기고, 약탈자는 죽어서 아이템을 남긴다네."

쉘터 초소.

제론과 강씨는 이곳에서 잠시 상황을 지켜보기로 했다.

저 아래에는 진화체가 4마리나 설치고 있었다.

돕고 싶어도 함부로 돕지 못하겠지만, 지금까지의 경험으로 집단을 이루는 군인들은 약탈자나 다름없다는 것을 알고 있었다.

멸망 초기에는 군인들도 나름 사명감을 갖고 시민들을 구해 냈고, 집단 생존지를 구축해 지켰지만 그들은 시간이 갈수록 변질됐다.

국가가 무너지고 인류 전체가 나락으로 빠지자 강도로 돌변했던 것이다.

제론에게조차 그러한 기억들이 남아 있었으니, 저들을

구하기보다는 지켜보는 쪽을 택했다.

"끼에에엑!"

"끄아아악!"

"저리 가!"

타다다당!

진화체들과 군인들 사이에 격렬한 싸움이 벌어졌다.

트럭에서 쏟아져 나온 군인은 총 다섯.

그들이 거칠게 화력을 쏟아 냈으나 진화한 놈들은 총알을 모조리 튕겨 냈다.

팅! 팅! 팅!

"실드로군."

"저것의 정체가 실드였나?"

"자네도 카렌 대륙에 살게 되었으니 알게 됐을 거야. 이 세상에는 마법이 존재한다는 것을. 변이체들이 푸른 기운을 내뿜을 때에는 마법 비슷한 것을 사용한다고 봐도 좋아."

"허어, 마법이라니. 저 푸른 막이 화약 무기를 모조리 튕겨 내니 인간은 살아남을 수가 없었던 것이군."

"그래, 차라리 변이체를 상대할 때에는 석궁이나 냉병기가 나아."

"그것도 썩 좋지 않은 선택지로 보이는데."

"뛰는 것이 상책이긴 하지."

총을 쏘던 군인들의 팔이 통째로 뜯겨져 나갔다.

살과 근육이 당겨지며 쭉 늘어나고, 그 사이로 핏방울이 터져 나가는 것이 굉장히 그로테스크했다.

변이체들도 나름 지능이 있었기에 인간의 무기부터 무력화해야 한다는 사실을 알았다.

인간이 무기를 잃은 이후에는 뻔했다.

목이 잘려 나가 굴러 떨어지고 오체가 분시된다.

네 마리의 변이체들은 이리저리 뛰어다니며 통째로 군인들의 목을 뽑아 척추를 끄집어내거나 날카로운 손톱으로 몸을 이등분했다.

순식간에 몰아치는 피의 향연.

이제 거리에는 조각난 시신들만 가득했다.

"끼에에엑!"

변이체들은 승리의 함성을 내질렀.

강렬한 마나의 파동이 여기까지 느껴졌다.

'더 진화했다!'

제론의 이마에 식은땀이 흘렀다.

말은 하지 않고 있었지만 위기감을 느끼긴 강씨 역시 마찬가지였다.

이제는 변이체 사냥이 더욱 어려워졌다는 사실을 깨달은 것이다.

그들은 몸을 낮추고 괴물들의 포식이 끝나기만을 기다렸다.

대략 5분.

진화체들이 군인들을 모조리 먹어 치우는데 걸린 시간이다.

거리에는 다량의 피와 인골만 굴러다녔다.

콰광!

그때, 상당히 멀리 떨어진 곳에서 폭발음이 울려 퍼졌다.

변이체들은 그 즉시 반응하며 소리가 난 방향으로 달려 나갔다.

더욱 빨라진 움직임.

그만큼 처먹었으면 몸이 느려질 만도 한데, 오히려 그 반대였다.

놈들이 사라지고 난 이후에도 제론과 강씨는 그 자리에서 꿈쩍도 하지 않았다.

먼저 말을 꺼낸 것은 강씨였다.

"이런 광경을 볼 때마다 자네에게 감사함을 느낀다네."

"어째서?"

"지옥에서 벗어나게 해 주었으니까."

강씨의 눈빛에는 진심이 담겨 있었다.

그를 구출하지 않았다면 지금쯤 이 세상 사람이 아니었을 테니까.

제론이 강씨를 처음 발견하였을 때에는 안쓰러울 정도로 말라 있었다.

그에 비해 지금은 살도 많이 붙었고, 운동도 꾸준히 하여 예전에 비해 10년은 젊어 보였다.

방금 일어난 일은 지구에서 매일 볼 수 있는 광경이었으나, 안전한 곳에서 생활하다가 다시 보니 소름이 돋았다.

"내려가 보세. 수거를 해야지 않나?"

"그래, 가 보자고."

제론과 강씨는 사방 3km 반경 안에 변이체나 생존자, 약탈자 등이 없는 것을 확인하고는 초소에서 내려왔다.

산길을 타고 내려오는 내내 멀리서 폭발음과 총소리가 간헐적으로 울렸다.

이렇게까지 소리가 요란한 것을 보니 군인들의 근거지가 털리기라도 하는 모양이었다.

근처에 웅크리고 있던 변이체들이 죄다 달려갈 것은 뻔한 일.

군부대에는 지옥이 펼쳐져 있을 것이다.

스아아아.

스산하게 부는 바람은 멀리서 들려오는 폭음과 썩 잘 어우러졌다.

바닥을 긁어 대며 한 방향으로 흘러가고 있는 낙엽들까지 더해지니 지옥의 한 장면이 완성된다.

도로가 내려다보이는 숲길.

제론과 강씨는 누가 뭐라고 한 것도 아니었는데 자리에

서 멈추었다.

오랜 시간 지구에서 살아남은 생존자들일수록 파밍을 하는 순간이 가장 위험한 때라는 사실을 알고 있었기 때문이다.

벌써부터 피비린내가 진동하였다.

행여나 군부대로 달려가던 변이체에게 발견될 수도 있는 일.

그들은 가만히 5분을 기다렸다.

제론은 별다른 이상이 없다는 사실을 인지하고 나서야 이동했다.

가까이서 본 현장은 실로 끔찍하기 짝이 없었다.

반파되어 전복된 차량, 바닥에 널려 있는 살점과 뼛조각들과 대량의 피까지.

여기저기 튕겨져 나가 있는 무전기에서는 끊임없이 무전이 흘러나오고 있었다.

-박 중사님! 여기에도 진화체 녀석들이! 끄아아악!

-김 병장! 들리나!?

-살려 주십시오……!

-아아아악!

"……."

제론과 강씨는 잠시 그 자리에 서서 한숨을 내쉬었다.

예상했던 대로 군부대 전체가 습격을 받은 상황이었다.

지금까지 잘 버티고 있었던 모양이지만 결국 최후는 한 가지로 귀결된다.

무차별적인 죽음.

사람들이 모여 살아가는 곳일수록 변이체의 공격을 받을 가능성이 높았다.

강씨 부녀는 그러한 사실을 일찍부터 깨우쳐 각자도생을 해 왔던 것이었고.

"무전기라……. 이만하면 대박 아닌가?"

"허어! 그렇군? 분명 중거리 무전기로 보이는데……. 한 5km 정도 커버하려나? 내가 군대를 다녀온 지 오래돼서."

"아마 최대 수신 거리가 그 정도 될 걸세."

"5km라면 엄청난 도움이 되지!"

제론은 무전기의 위력을 잘 알고 있었다.

2차 대전 당시, 프랑스군이 그토록 무참하게 무너졌던 이유 중 하나가 무전 불량이었다.

각 부대에 명령이 정확하고 빠르게 전달되는 군대와, 그렇지 않은 군대는 질적으로 다르다는 사실이 역사적으로 증명됐다.

무전기가 많으면 좋겠지만, 몇 대만으로도 큰 힘을 발휘할 것이다.

이는 전쟁이 발발하였을 시, 전황을 뒤집어엎어 버릴 정도의 파격적인 효과를 낼 수 있을 것이다.

"무전기는 다 챙겨야지."

쓸 만한 아이템은 이뿐만이 아니다.

군인들이 차고 있는 탄띠에 K-2 소총 탄약이 하나씩 여분으로 있었다. 수류탄도 몇 개 나왔으며, 크레모아와 C4 폭탄도 세 점 챙겼다.

"분명 득템이라 할 수 있지만 군인들의 차량을 턴 것치고는 양이 적기는 한데."

강씨가 아쉬움을 다소 드러냈다.

이는 날이면 날마다 오는 기회가 아니었다.

총기와 폭발물들이 변이체에게나 무용지물이었지, 대인전에서는 최강의 위력을 발휘한다.

험난한 지구에서 파밍을 이어 나가기 위해서는 필수적인 물건.

이는 카렌 대륙의 전쟁에 활용해도 마찬가지였다.

쓰기에 따라서는 폭탄 하나로 전황을 뒤집을 수도 있다. 예를 들면 지휘부에 시한폭탄을 설치하여 날려 버린다든가 하는.

제론과 강씨는 숙련된 생존자들답게 철저하고 빠르게 필요한 물건들을 털어 재빨리 그 자리를 벗어났다.

피 냄새가 이렇게까지 풍기는데 도로에 나와 있어 봤자 좋을 것이 하나도 없었다.

제론과 강씨는 쉘터로 돌아왔다.

돌아온 이후에도 초소로 올라가 주변을 살피는 것을 잊지 않았다.

그렇게 15분이 흘렀다.

주변에는 아무런 소리도 들리지 않았다.

10분 전만 해도 요란하게 울려 퍼지던 폭음도 멎어 버렸다.

이만하면 부대가 전멸했다고 봐야 한다.

제론은 군부대의 상황을 알아보기 위해 잠깐 무전기를 틀어 봤다.

치익!

-으으, 제군들……. 절대 부대로 복귀하지 말라. 절대……! 이곳은 이미 변이체 천국……. 끄아아악!

치이이익-

그걸로 끝이었다.

더 이상은 아무런 소리도 들려오지 않았다.

제론은 한숨을 내쉬었다.

"이걸 안타깝다고 해야 할지."

"경험상, 지금까지 버티고 있는 군부대는 결코 선량한 군인들이 아니야. 군인의 충성도 그걸 바칠 수 있는 국가가 있어야 성립되는 걸세. 정부는커녕 나라 자체가 없는데 군인이 제 기능을 하는 것이 이상한 일이지."

"맞는 말일세."

그들은 묵묵하게 작업을 시작했다.

시간이 많이 남았기에 강씨는 본격적으로 쓸모 있는 차량 부품들을 분해했다.

차량은 수만 개의 부품으로 이루어져 있다.

고도화 기술의 정점이었으며, 부품들의 튼튼함은 이루 말할 수 없는 것이다.

대부분의 내부 부품들은 오랜 시간의 격렬한 운동에도 잘 버텼다.

어쩌다가 하나의 부품이 고장 나서 수리를 받아야 하는 것일 뿐, 전체적인 완성도는 높다고 말할 수 있다.

차량의 소형 부품들은 숙련된 공돌이의 손을 거쳐 훌륭한 물건으로 재탄생할 것이다.

장장 6시간에 이르는 해체 작업이 드디어 끝났다.

강씨는 흐르는 땀을 닦아 냈다.

"이만하면 1차로 쓸 만한 부품들은 추린 것 같군."

"양이 꽤 많은 것 같은데, 이게 1차라고?"

"그래, 이곳에 널린 것이 차량이지 않나. 쉘터에만 차량이 다섯 대나 있는데, 그 안에서 쓸 만한 부품들을 모조리 뽑아내야지. 특히 차량의 엔진은 쓸모가 많아. 이걸 카렌 대륙의 기술력으로 만들 수 있을 리 만무하지."

"그건 확실해."

차량 엔진?

지구에 존재하는 차량의 엔진은 카렌 대륙의 기술보다 천 년은 발전해야 탄생할 수 있는 물건이었다.

동력을 만들어 내는 엔진은 쓰기에 따라서 공장 하나를 돌리는 기계로 사용할 수도 있었다.

뭘 어떻게 써야 할지 카엔의 머리로는 감이 잡히지 않았지만, 그건 강씨 부녀가 알아서 할 일이다.

"언젠가 탱크를 보게 된다면 나를 불러 주게."

"탱크?"

"탱크 엔진을 분해해서 가져올 수 있다면 면직물을 짜는 기계나 대량 탈곡기, 분쇄기 등은 손쉽게 만들 수 있거든."

"……!"

제론의 눈동자가 크게 확장됐다.

전문 기술자가 아니라면 상상조차 하지 못할 일이다.

강씨와 같은 사람을 카렌 대륙으로 데려갈 수 있었으니, 이는 엄청난 행운이었다.

"기름이 필요하겠는데."

"유조차라도 한 대 발견하면 대박이겠지. 찾아보면 연료는 생각보다 많이 남아 있을 거야."

강씨는 차량을 해체하는 동안 이걸 어디에 써먹어야 할지 생각해 둔 것 같았다.

카렌 대륙에 적용되면 실로 엄청난 오버테크놀로지가 탄생할 것이다.

'힘을 기르는 것이 중요하겠군.'

처음이야 괜찮겠지만, 제론이 기계에서 엄청난 속도로 물건을 생산하기 시작하면?

별의별 벌레가 다 꼬일 것이다.

레비온 자작의 경우만 봐도 그랬다.

기술의 발전도 힘을 갖추어야만 밖으로 드러낼 수 있는 것이다.

제론은 더욱 빠르게 영지를 발전시키고 승작해야겠다는 생각이 들었다.

"차라리 대전쟁이 빨리 터졌으면 좋겠군."

제론과 강씨는 해가 떨어질 즈음에 차원의 문을 넘었다.

완전히 뒤바뀌는 환경.

강렬한 태양은 급작스럽게 자취를 감추었고, 목재의 향이 은은하게 풍겼다.

사방에 널브러져 있는 기계 부품들과 미완성된 내부까지.

이곳은 강씨의 공방이었다.

"오셨어요?"

"어? 아직 안 자고 여기서 무엇을 하고 있는 게냐?"

강유정은 공방에서 석궁을 조립하고 있었다.

최근 영지에서는 붉은 오크 토벌을 준비하며 최대한 많은 석궁을 제작하고 있는 중이었다.

각 장인들에게는 하나의 부품만 생산하도록 하였으므로 조립은 강씨 부녀가 할 수밖에 없었다.

그녀는 벌써 10개가 넘어가는 석궁을 조립하고 있었다.

"걱정이 돼서 말이에요. 두 분 모두 위험천만한 지구로 넘어가셨는데 제가 잠이 오겠어요?"

"그래도 자야 내일 또 일을 하지."

"저는 젊어서 괜찮아요. 아빠가 문제죠."

"나야 뭐."

그러고 보니 강씨는 쓰러지기 직전이었다.

제론이야 젊어서 하루 정도 밤을 새우는 것은 별 신경도 쓰이지 않았지만, 강씨는 50대였다.

슬슬 체력에도 문제가 생기고 지병이 있다면 도질 나이가 된 것이다.

지구가 멀쩡했던 시절이나 한창이었지, 오랜 시간 스트레스를 받으며 굶주려 온 강씨의 체력은 실질적으로 60~70대라고 봐야 했다.

그런 사람이 하루 동안 잠을 자지 않는다?

지금 바로 기절해도 이상하지 않다.

"우리 영주님이야 젊다 못해 어려서 괜찮은데, 아빠는 나이를 생각해야죠? 그런 아빠를 영주님이 굉장히 부려 먹은 것 같은데."

그녀의 말에 제론은 뜨끔했다.

강유정의 말에 틀린 것이 없었기 때문이다.
"허험, 강 씨는 가서 눈 좀 붙이게. 유정이 너도."
"해가 뜨는데 뭘요. 자면 더 피곤하죠."
"하여간 젊은 것이 좋아."
강씨는 억울하다는 표정이었다.
특히 제론과 같은 경우에는 강씨와 같은 시대를 살아왔던 사람인데, 10대 후반의 팔팔한 몸을 가지고 있었으니 말이다.

잠자고 있던 영지가 깨어났다.
영지민들은 해가 뜨기도 전부터 움직였다.
새벽닭이 울 때 준비하여 해가 뜨는 즉시 노동을 시작하는 것이다.
집무실 테라스.
제론은 활기차게 움직이는 영지를 바라보며 빵에 커피를 곁들였다.
그의 옆에는 바이올렛이 시중을 들고 있었다.
"맛이 꽤 괜찮구나?"
"공방에서 소형 분쇄기가 만들어졌거든요. 거기서 가져온 밀가루로 빵을 만들었어요."
"호오, 벌써 만들어졌어? 버터의 맛도 예전과 달라졌는데?"

"유정 경이 새로운 버터를 개발했어요."
"이햐, 그래?"
제론은 아침을 먹으며 연신 감탄했다.
강씨 부녀가 영지에 정착한 이후에는 모든 분야가 정말 빠르게 변화하고 있는 것이다.
영지의 기계 공학 부분은 상상도 할 수 없을 만큼 크게 성장했고, 그리 기대하지 않았던 식문화에서도 개벽이 일어날 조짐이 보이고 있었다.
분쇄기 시제품이 만들어졌다고 하니, 그것이 대형화되는 순간부터 영지에는 특산품 하나가 늘어나게 될 것이다.
제론은 맛 좋은 빵을 먹을 수 있다는 것만 해도 큰 행복이라고 생각했다.
이 빌어먹을 중세에서 태어나 맛 따위는 완전히 포기하고 있었으니까.
식사가 거의 끝나 갈 즈음.
레일라 경이 찾아와 인사를 했다.
"좋은 아침입니다, 영주님!"
"좋은 아침이네, 레일라 경. 식사는 했나?"
"주신다면 감사히 먹겠습니다."
"앉지."
레일라 경의 성격도 예전보다는 조금 유연해졌다.
원래 이 고지식한 여기사는 제론과 겸상도 하지 않으려

했다.

 아침을 먹지 않아도 먹었다고 할 성격이었는데, 요즘에는 조금씩 솔직한 모습을 보이고 있는 것이다. 이는 꽤나 긍정적인 변화였다.

 레일라 경은 빵을 찢어 달콤한 잼에 찍어 먹으며 숨길 수 없는 감탄사를 연발했다.

 곧 있으면 곱게 간 밀가루가 영지부터 보급될 것이다.

 밀 종자가 달라 지구의 빵과는 차이가 좀 있겠지만 그래도 식생활의 질은 예전과 비할 수가 없게 된다.

 그들은 후식으로 차를 한잔 마셨다.

 그제야 레일라 경이 밤새 들어온 소식을 제론에게 알렸다.

 "영주님, 다크 문을 통해 레비온 자작이 누굴 대기사로 내세우려 하는지 알아냈습니다."

 "그게 누군가?"

 "북부 제일 검이라고 불리는 버케인 준남작입니다."

 "버케인이라……. 분명히 몇 년 전에 열렸던 마상 창술 대회의 우승자이지?"

 "예, 뿐만 아니라 하네스 백작이 개최하였던 검술 대회의 우승자이기도 합니다."

 "그랬지. 그러니 북부 제일 검이라는 칭호가 붙은 것 아닌가."

"다크 문을 통해 공작을 지시할까요?"

레일라가 미리 손을 쓰겠다는 뜻이다.

하지만 제론은 조용히 고개를 흔들었다.

"그럴 필요까지는 없다. 전에도 말했지만 그 녀석은 출전하자마자 머리에 구멍이 뚫릴 거야. 영지전은 신경 쓰지 말도록. 그보다 수도의 세리아 양에게 온 소식은 없나? 슬슬 국왕을 만날 때가 된 것 같은데."

"오늘쯤 폐하를 알현할 것으로 보입니다."

브란시아 왕궁.

국왕의 명령으로 특별히 초대된 세리아는 시녀들에게 붙들려 치장을 당하고(?) 있었다.

평소 갑갑한 것을 싫어해 코르셋조차 착용하지 않는 그녀였지만 오늘은 예외였다.

이런 중세라도 예법이 있었고, 국왕을 알현할 때는 몇 가지 준비가 필요했다.

그 준비를 시녀들이 해 주고 있는 것이었다.

"세리아 님? 숨을 내쉬세요."

"후우……. 이렇게요? 헉!"

"좋아요. 이제야 몸매가 조금 부각되네요."

"어으……. 몸매를 드러내는 것도 좋지만 숨 쉬기가 너무 힘든 것 아니에요?"

"저희는 매일 그러고 살아요."

시녀들의 말에 세리아는 할 말을 잃고 말았다.

이렇게까지 허리가 꽉 조이는 코르셋을 하루도 아니고 매일 착용한다니?

세리아 같았으면 1년도 못 버티고 일을 그만두었을 것이다.

치장을 끝냈다고 알현 준비가 된 것은 아니다.

세리아는 시종장에게 불려 가서 몇 시간이나 주입식 교육을 받아야 했다.

"아셨죠? 폐하께서 먼저 고개를 들라고 하기 전에는 결코 눈을 마주쳐서는 안 됩니다."

"네, 네."

"질문에만 대답하시고 모든 일은 수동적으로 하셔야 해요. 잘못하면 가문이 몰살당할 수도 있으니 제대로 숙지하시고요."

"으으……. 알겠어요."

평소 밝은 성격을 가진 세리아였지만 숨조차 쉬기 힘든 코르셋을 착용하고, 예법 교육을 몇 시간이나 받고 있으려니 미칠 지경이었다.

'이럴 줄 알았으면 경매는 다른 사람들에게 맡기고 돌아갈걸.'

세리아는 깊이 후회하였지만 이제 와서 도망갈 수도 없

는 노릇이었다.

어쩔 수 없이 국왕을 알현해야 한다.

귀족가 예법은 줄줄 꿰고 있는 그녀였지만, 왕궁의 예법은 또 달랐다.

세리아의 정신은 이렇게 반나절 동안 탈탈 털리고 나서야 국왕에게 끌려갔다.

상상을 초월하는 왕궁의 화려함이 세리아를 긴장하게 만들었다.

바닥에 깔려 있는 대리석하며, 곳곳에 걸린 작품들이나 거대한 샹들리에가 끝도 없이 복도를 따라 이어져 있는 것이다.

상단에 몸을 담으면서 온갖 화려한 광경은 다 보고 살아온 그녀였지만, 그 어떤 저택도 왕궁에 비할 수는 없었다.

이러한 왕궁을 유지하려면 상상을 초월하는 유지비가 들어간다.

보통의 귀족들이라면 왕궁을 공짜로 주어도 살 수 없었다.

왕궁은 깔끔하기까지 했다.

먼지 하나 존재하지 않았으니, 세리아는 적응이 잘 되지 않았다.

마침내 그녀는 육중한 문 앞에 이르렀다.

이제 알현을 하기 직전인 것이다.

시종장이 최대한 조용히 그녀에게 말했다.

"아까 숙지하신 내용을 잊지 마세요."

세리아는 작게 고개를 끄덕였다.

이 왕궁이라는 곳은 존재 자체만으로도 엄청난 위압감을 준다.

세리아마저 위축되어 기를 펴지 못할 지경이었으니.

곧 시종장의 목소리가 낭랑하게 울려 퍼졌다.

"폐하! 페로우 남작의 가신 세리아 양이 들었습니다!"

끼이이익!

거대한 대전의 문이 열렸다.

세리아는 자세를 낮추고 총총걸음으로 들어갔다.

눈은 바닥만 보았고, 그저 붉은 카펫을 밟고 갈 뿐이다.

시종장이 곁에서 세리아의 팔을 잡고 있었다.

어디까지 가서 멈추어야 할지 알 수 없었기에 안내를 해주는 역할이었다.

걸음이 멈추자 세리아는 반나절 동안 숙지했던 대로 바닥에 한쪽 무릎을 꿇고 고개를 숙였다.

"아튼 왕국의 유일한 태양이신 국왕 폐하를 뵙습니다!"

"오호, 그대가 바로 페로우 남작의 가신 세리아인가?"

"그, 그렇사옵니다!"

"이야기는 많이 들었네. 중앙의 많은 귀족들이 자네에게 호감을 가지고 있다고."

"황공하신 말씀이에요."

"고개를 들라."

"감히 제가 어찌……."

"들어라."

국왕의 목소리에서는 위엄이 느껴졌다.

고개를 들자 세리아는 깜짝 놀라고 말았다.

이곳에는 국왕을 비롯하여 고위 귀족들이 자리하고 있었기 때문이다.

'랭턴 공작과 라이온 공작, 하만 공작까지? 도대체 이게 무슨 일이래?'

세리아의 이마에서 절로 식은땀이 흘러내렸다.

그뿐이랴?

심지어 왕자와 공주들까지 줄줄이 구경을 나와 있었으니, 이게 무슨 일인가 싶었다.

국왕은 들었던 대로 굉장히 위엄 있는 노인이었다.

나이에 비해 정정해 보이기는 했는데, 수명이 길어 봤자 5년 안팎으로 보였다.

'국왕이 붕어하면 난리가 나겠구나.'

이미 왕궁 내 파벌 싸움은 격화되고 있는 중이었다.

각 파벌에서는 자신이 모시는 왕자를 즉위시키기 위하여 노력했다.

그녀는 반드시 내전이 터질 수도 있다고 봤다.

3대 파벌들은 각자의 자리에서 서로를 견제하는 포지션이었으며, 왕자들의 사이도 매우 나빠 보였다.

상황이 최악으로 치닫지 않는 것은 오직 국왕이 버티고 있기 때문이었다.

'영지로 돌아가면 영주님께 내전도 대비해야 한다고 말씀드려야겠어.'

세리아는 각 파벌의 미묘한 균형과 분위기 등을 파악하며 최대한 정보를 뽑아내려 애썼다.

그런 그녀의 귓가에 국왕의 목소리가 들려왔다.

"명화는 가져왔나?"

"네!"

그녀가 시종장을 바라보자 그는 시종들을 부려 휘장에 가려져 있는 거대한 액자를 가져왔다.

길이가 1.5미터, 높이가 80cm에 이르는 큰 사이즈.

국왕의 눈동자에 기대가 어렸다.

"휘장을 걷어라."

촤악!

국왕을 비롯한 유력한 귀족들이 많이 모여 있는 자리에서 휘장이 걷혔다.

그리고 드러나는 장엄함이 어마어마했다.

세리아 역시 이 그림을 처음 보았을 때에는 충격에서 헤어 나오지를 못했었다.

천사가 지상으로 내려와 병자들을 치유하는 장면이었다.

제론의 말에 의하면 이건 원래 벽화였는데, 그림으로 옮긴 것이라고 했다.

그림이 공개되자 모든 사람들이 경악성을 토했다.

"오오! 엄청난 작품이로구나!"

"천사의 강림이라니. 세상에 이런 작품이 있었나?"

"도저히 인간의 솜씨가 아닌 것 같은데?"

'작가가 미켈란 어쩌고라고 했지? 그런 작가가 있다는 말은 들어 본 적이 없는데.'

사람들이 놀라는 동안 세리아는 가만히 앉아 있을 뿐이었다.

국왕이 다시 그녀를 불렀다.

"세리아 경은 이 작품에 대해 설명하도록 하라."

"예……. 예!"

그녀는 자리에서 벌떡 일어나며 울상을 지었다.

설마하니 여기서 그림에 대해 설명까지 해야 할 줄은 몰랐기 때문이다.

세리아는 눈을 한번 질끈 감고는 나오는 대로 지껄였다.

"천사의 강림은……. 여신께서 아툰 왕국을 긍휼이 여겨 천사를 내려 보낸 장면을 형상화한 작품이에요. 천사들 아래에서 기도하고 있는 자들은 백성들이지만, 넓은 의미에서는 왕국 전체를 보호하신다고 보면 되겠어요."

"오오! 그런 깊은 뜻이!"

"과연!"

"……."

세리아의 눈동자가 살짝 떨렸다.

그냥 나오는 대로 이야기한 것이었지만, 국왕을 비롯한 귀족들은 설득이 된 모양이었다.

작품을 감상하고 있던 국왕 역시 흡족해하며 세리아에게 물었다.

"달리 원하는 것이 있으면 말하라."

"저는……."

세리아는 괜찮다고 말하려다가 오히려 그게 더 실례라는 것을 깨달았다.

이런 상황에서 그냥 거절한다?

국왕의 체면이 있지, 명화를 공짜로 준다고 이야기하는 순간 좋지 않은 인상을 심어 줄 수도 있었다.

생각을 전환한다면 지금 이 순간이 일생일대의 기회일 수도 있었다.

언제 또 국왕을 알현할지 모르는 일 아닌가.

세리아는 목소리를 가다듬고 낭랑한 목소리로 외쳤다.

"이번에 페로우 가문이 레비온 가문과 영지전에서 승리하게 된다면 남작님께서 승작을 하셨으면 하는 바람이에요!"

"오호?"

많은 귀족들이 제법이라는 표정으로 세리아를 바라봤다.

왕족과 고위 인사들이 즐비한 가운데, 남작가 일개 가신이 이렇게 자신감 있게 원하는 것을 말하기는 힘들었기 때문이다.

그녀의 패기가 마음에 들었던지 국왕이 가볍게 고개를 끄덕였다.

"허한다."

"서, 성은이 망극하옵니다!"

쿵!

세리아는 그대로 엎드려 고개를 조아렸다.

지금 이 순간, 제론의 승작이 결정됐다.

브란시아에서 쾌속선을 타고 출발한 흠차대신이 하네스 백작령을 향해 빠르게 북상하고 있었다.

어명을 전달하는 흠차대신은 백작급 이상에서 보내지기 마련이다.

고작해야 변방의 영지전에 흠차대신까지 온다는 것은 원래 말도 되지 않는 일이다.

국왕의 명령으로 불려 간 렌카이 백작은 국왕으로부터 특명을 받았다.

[이번에 자네가 북부로 올라가면 페로우 남작과 레비온 자작과의 영지전에 참관하게 될 것이야. 공정한 대결이 이루어지는지 살피게.]

[폐하의 명령이니 따르겠사옵니다만, 자칫 폐하의 권위가 상하지 않을까 염려되옵니다. 이만한 일에는 자작급에서 파견되는 것이 관례 아니겠사옵니까?]

[허허허! 역시 경은 과인의 충신일세. 자네가 파견되는 이유는 영지전 이후의 일 때문이라네.]

[이후의 일이라면?]

[페로우 남작이 승리한다면 그 자리에서 자작 위를 내린다는 어명을 전달하게.]

[예!? 페로우 남작이 패하면 어찌하오리까?]

[어쩌기는? 기회를 잡지 못한 몰락 귀족의 최후가 기다리겠지.]

실로 양날의 검이었다.

국왕은 페로우 남작이 승리하였을 때에만 유효한 조건이라는 것을 확실히 했다.

그가 승리한다면 넓어진 영토와 작위를 가지고 북부의 유력 귀족으로 떠오를 것이다. 그렇게까지 된다면 제론 페로우는 국왕의 총애를 받아 쭉쭉 발전해 나갈 것이다.

이마저도 국왕의 정치적인 판단이 깔려 있었다.

외부로는 잘 알려지지 않았지만, 국왕의 어심은 왕세자에게 있었다.

장자에게 국왕의 자리가 승계되어야 한다는 입장이었으며, 은근하게 왕세자파를 키워 주기 위해 노력해 왔다.

페로우 남작을 키우려는 것도 이 때문이었다.

고사리 손 하나라도 더 필요한 마당에 유력 귀족이 파벌에 추가된다면 어느 정도 힘을 쓸 수 있을 것으로 본 것이다.

"페로우 남작이라."

렌카이 백작 역시 페로우 남작에 대한 소문은 들었다.

랭턴 공작의 줄을 잡고 쭉쭉 치고 올라가고 있는 변방의 신임 영주.

젊다 못해 영주가 되기에는 어리다고도 볼 수 있었는데, 페로우 가문은 사활을 걸고 승작을 추진하고 있었다.

왕세자파의 많은 귀족들이 페로우 남작을 밀고 있는 상황.

렌카이 백작 역시 제론 페로우에게 선물을 받은 귀족이었기에 나쁜 감정은 없었다.

"어디 한번 두고 봐야겠군. 떠오르는 별이 될 것인지, 떨어지는 유성이 될 것인지는."

쾌속선이 항구에 닿은 것은 햇볕이 따가운 오후 무렵이었다.

항구에는 의외의 인물이 기다리고 있었다.

"어? 자네가 어쩐 일인가!"

"무얼? 아카데미 동기가 온다는데 가만히 있을 수가 있어야지."

"이 친구도 정말 못 말리겠군!"

북부의 지배자 하네스 백작이었다.

렌카이 백작과는 아카데미 동기였으며, 지금까지도 꽤 두터운 친분을 유지하고 있는 친우였다.

오랜 친구가 여기까지 배웅을 나와 주니 렌카이 백작의 얼굴도 환해졌다.

"이 친구, 하루가 다르게 주름이 늘어 가는군?"

"하! 어디 그게 내게만 해당되는 일이던가? 자네도 늙었어. 곧 있으면 나란히 관으로 들어갈 운명이 아니겠는가."

"으하하! 그래! 늙으면 죽어야지!"

그들은 살벌한 농담을 잘도 주고받았다.

친분이 상당하기에 할 수 있는 말들이었다.

하네스 백작령은 여전했다.

북부에서 가장 발달한 영지답게 항구는 북적였고, 대규모 국제 상단들이 오가고 있었다.

영주성으로 향하는 길에 렌카이 백작은 오랜 친우에게 질문을 던졌다.

"이보게. 지금 정계에서 페로우 남작의 이름이 꽤 뜨거운데, 뭐 아는 것 없나?"

"페로우 남작?"

"고작 남작이 이토록 큰 이슈를 만들어 내고 있으니 궁금해서 그러네."

"허허허! 정말 대단한 친구지."

"그리 평가되고 있나?"

"영지를 운영하는 실력이나 정치력도 상당한 수준이야. 최근에는 바바리안 놈들을 완벽하게 사로잡았다네. 그로 인하여 근심 하나를 줄였으니 그것만 해도 큰 공이지."

"오호, 그래?"

하네스 백작은 페로우 남작을 뛰어난 젊은 영주라고 평가했다.

북부의 지배자 자리는 도박으로 딴 것이 아니다.

하네스 백작만큼이나 사람 보는 눈이 밝은 귀족도 드물었고, 그런 그가 높게 평가하는 인물이라면 국왕 역시 기대를 걸 만했다.

"설마 여기 온 이유가 그 때문인가?"

"폐하께서 페로우 남작을 밀려는 모양이야."

"뭐라고……!?"

하네스 백작은 렌카이 백작의 말에 깜짝 놀라고 말았다.

페로우 남작이 중앙 정계에 선을 대고 있다는 사실은 알았지만, 국왕까지 관심을 갖게 될 줄은 몰랐다.

'아니, 이 친구는 도대체 무슨 일을 벌이고 다니기에 폐하의 호의까지 얻었다는 말인가!'

모두 선물(?)을 빙자한 뇌물의 힘이었다.

페로우 남작이 국왕에게 직접 연줄을 댔다는 것은 엄청난 사건이었다.

북부의 귀족들뿐 아니라 왕국 전체가 페로우 남작을 주목하고 있다는 뜻이다.

"내가 온 이유는 페로우 남작의 승작 때문이지. 물론 그 전에 능력을 확인해야겠지만."

페로우 가문과 레비온 가문의 영지전은 급물살을 탔다.

매일 영지 일에 힘쓰고, 이틀에 한 번은 지구를 오갔던 제론은 렌카이 백작이 페로우 숲으로 향하고 있다는 전갈을 받았다.

그들은 오늘 오후, 분경 지대에 모여 공증을 진행할 것이다.

내심 제론 역시 왕실의 연락을 기다리고 있던 차였다.

영지의 폭발적인 성장을 위해서라도 반드시 작위가 상승해야 한다.

운이 좋게도 왕실에서 명화(?)를 두 점이나 가져갔으니, 제론에게는 정치적인 이익이 있을 것이라 짐작했었다.

제론은 소수의 병력만 구성하여 빠르게 이동했다.

두두두두!

호위 병력과 제론이 탄 마차가 요란한 소리를 내며 페로우 영지를 가로질렀다.

마차를 발견하자마자 무릎을 꿇으며 예를 표하는 영지민들.

잠시 바깥을 내다보고 있던 제론은 전략을 논의하기 위해 함께 마차에 타고 있는 레일라 경에게 물었다.

"이 산골 벽지로 흠차대신이 내려왔다는 것은 다분히 의도가 있다고 봐야지?"

"그렇게 보입니다. 나름 국왕의 시험이기도 하겠죠."

"시험?"

"과연 영주님이 왕세자파의 한 축이 될 수 있을지에 대한."

"내가 그 정도까지 영향력 있는 인물은 아니라고 생각했는데."

"지금은 그렇게 만들어 나가고 있는 중이시죠."

제론은 뇌물의 힘을 실감했다.

사실, 그는 뇌물이 이렇게까지 큰 힘을 발휘할 것이라고는 생각지 못하고 일을 벌였다.

그저 정치적으로 뒤에서 힘써 줄 수 있는 사람이 있다는 사실만으로도 만족하고 있었는데, 지금 일어나고 있는 일들은 전부 제론의 예상을 뛰어넘고 있었다.

"슬슬 부담이 되기 시작했어. 벌써 국왕께서 주목을 하시면 안 되는데."

"이제 와서는 멈출 수가 없습니다. 앞으로 나아가는 수밖에."

"그래야겠지."

제론은 각오를 다졌다.

기왕 이렇게 되었으니 최대한 기회를 활용해야 한다.

그렇다면 흠차대신의 환심을 사는 것도 중요한 일이었다.

"준비하라고 한 것은?"

"일명 '삼종 세트'로 부르시는 선물을 가져왔습니다."

레일라 경이 조심스럽게 상자 하나를 내밀었다.

고풍스러운 상자 안에 제론이 준비한 뇌물들이 고스란히 담겨 있었다.

세리아를 통해 중앙의 귀족들이 어떤 선물을 좋아하는지 통계(?)를 내고 백작이 환장할 만한 것들로 준비했다.

최근 들어서는 지구의 파밍 영역이 넓어지면서 더욱 많은 물건들을 수급할 수 있었기에 제품을 고급화할 수 있었다.

그뿐이랴.

금속 제품은 공돌이 강씨를 통하여 더욱 촌스럽고 화려하게 꾸몄으니, 이걸 받은 백작이 어떻게 반응할지 눈에 훤했다.

제론은 페로우 숲에 설치되어 있는 막사에 도착하였다.

레비온 자작 측에서는 아직 도착하지 않은 듯 보였다.

거리상 페로우 숲까지는 제론의 영주성이 더 가까웠기에 레비온 자작보다 앞서 올 수 있었던 것이다.

제론은 백작을 만나자 정중하게 허리를 굽혔다.

"흠차대신을 뵙습니다."

"허허허, 일어나게. 자네가 그 유명한 페로우 남작이로군."

"과찬의 말씀이십니다."

제론에게 호의를 보이는 장년인.

렌카이 백작은 중앙의 유력한 귀족이며, 실권도 막강한 인물이었다.

하네스 백작령에 버금가는 비옥한 영지를 가진 제후이자 중앙에서는 부재상의 자리에 있었다.

렌카이 백작은 하네스 백작령에서 하루 동안 머물며 여독을 풀었다.

오랜 친구가 방문했으니, 하네스 백작과 술자리가 이어졌을 것은 자명한 사실. 그 가운데 제론의 이야기가 나왔을 것이다.

제론을 처음 보는 렌카이 백작이 이렇게 호의적으로 나온다는 것은 하네스 백작의 힘이 컸다고 짐작되었다.

"중앙에서도 뛰어난 젊은이란 말이 자자하지만 북부에서

도 평판이 좋더군."

"하네스 백작님이 저를 좋게 보아 주신 모양입니다."

"예의 바르고 장래가 촉망되는 신임 영주라고 말이야. 이러니 폐하께서도 나를 보내신 것이겠지."

렌카이 백작은 제론을 일으켜 막사 안으로 안내했다.

테이블에 의자는 세 개였다. 하나는 레비온 자작의 것으로, 아직 그는 도착하지 않았다.

물론 곧 있으면 레비온 자작이 도착할 것이니 제론은 이 참에 좀 더 점수를 따기로 했다.

달칵.

제론은 고풍스러운 상자를 하나 내밀었다.

이번 선물을 위해 강씨가 직접 렌카이 백작가의 상징인 은빛 늑대를 조각했다.

백금으로 도금까지 해 놓았기에 마치 상자 안에서 늑대가 튀어나올 것 같은 느낌이었다.

"허어!"

렌카이 백작은 단숨에 제론의 의도를 알아봤다.

가문의 상징까지 상자에 박아 온 것은 렌카이 백작에 대한 '맞춤 선물'일 수밖에 없는 것이다.

선물이 준비됐으니 이제 열심히 이빨을 털 때였다.

"흠차대신께서 이 비루한 신임 영주를 위해 먼 곳까지 행차해 주셨으니, 작은 성의를 준비했습니다. 부디 부담을 갖지 않으셨으면 합니다."

"가문의 상징을 새기다니……. 게다가 이건 인간의 솜씨가 아니지 않나!"

"찾는데 시간이 오래 걸리기는 했습니다만, 저희 가신들이 결국에는 고명하신 백작님께 어울리는 선물을 찾아냈습니다."

제론의 말에 백작은 뭔가에 홀린 사람처럼 상자를 열었다.

상자 안에는 은빛 늑대가 새겨진 단검이 한 자루, 귀족들이 선호하는 1등 뇌물 만년필도 한 자루 있었다.

화룡점정은 렌카이 가문의 상징이 박힌 반지였다.

모든 선물들에 은빛 늑대가 새겨졌으니, 이는 뇌물을 넘어선 감동의 선물이었다.

"자네……. 이렇게까지 할 필요는 없었네."

"아닙니다. 저와 각하는 같은 왕세자파 식구 아니겠습니까? 하네스 백작님의 친우분이시면 저와도 무관하지 않고요."

"식구라……. 으하하! 그래! 우리는 식구였지!"

"가족끼리는 과하게 예의를 차리지 않는다고 합니다."

"허허허! 자네가 왜 이렇게 유명해졌는지 알 것 같군. 사람의 마음을 움직이는 힘을 가지고 있으니, 이 어찌 평범하다 할 수 있겠는가. 이번 영지전은 걱정하지 말게. 자네가 승리하기만 한다면 모든 준비는 끝나 있음이야."

"그럼 도움을 기꺼이 받겠습니다."

제론과 백작은 서로를 바라보며 흡족하게 웃었다.

이만하면 작업은 성공적이었다.

그 효과는 금방 나타났다.

렌카이 백작은 오늘 만남에서 시간 약속 따위는 하지 않았지만, 제론보다 한발 늦게 도착한 레비온 자작을 강하게 질타했다.

"허! 이런 상종 못 할 작자를 보았나! 감히 흠차대신을 기다리게 해? 네놈의 간이 부어도 단단히 부었구나!"

제8장
대기사 영지전 (1)

막사 내부로 렌카이 백작의 목소리가 쩌렁쩌렁하게 울렸다.

 레비온 자작은 도착하자마자 분노하는 대귀족에게 황급히 허리를 굽혀야 했다.

 "이런! 제가 조금 늦었습니다! 하네스 백작령에서 출발하셨다는 소식은 들었습니다만, 어디로 오실 줄 몰라……."

 "자네는 그걸 변명이라고 하나? 그렇게 비대한 몸을 유지하고 있으니, 행동이 굼뜬 것 아닌가! 왕국의 귀족이라는 작자가 그따위로 살이 쪄서 어디에 써먹을까. 지독하게 게으른 인간의 표본이로구나!"

 "그, 그것이……."

레비온 자작은 땀을 한 바가지나 쏟았다.

사실 이건 레비온 자작의 잘못도 아니었다.

변방의 영지전이 뭐라고 왕국의 사자가 여기까지 직접 방문을 한다는 말인가?

기껏해야 중앙 관리 중 하나가 오겠거니 생각하여 준비는 하지 않고 있었다.

물론 소식을 접하고는 바로 넘어왔지만 거리가 있어 늦어 버린 것이다. 그런데 이걸 비대한 몸집 때문이라고 우기니 억울했다.

'빌어먹을! 도대체 어떻게 된 상황이지?'

레비온 자작은 연신 사과하면서도 테이블 위의 보물을 보며 큰 충격을 받았다.

여러 사치품을 접하며 나름 뛰어난 안목을 가지고 있는 레비온 자작이 보기에도 상자 안의 보물들은 범상치가 않았던 것이다.

세 점에 이르는 보물에 은빛 늑대가 새겨져 있었다.

곧 레비온의 머릿속으로 렌카이 백작가의 상징이 무엇인지 떠올랐다.

'제론, 이 여우 같은 자식! 뇌물로 흠차대신을 매수했구나!'

귀족이라면 뇌물을 써서 유리한 고점을 취하는 것은 당연한 일이다.

레비온 자작도 나름 뇌물을 준비해 왔으나, 여기서 꺼내 들기에는 부끄러울 지경이었다.

그래도 최소한의 성의는 보여야 했다.

"각하, 사죄의 의미로 선물을 올립니다. 부디 흡족하게 받아 주셨으면 합니다."

"흥! 굼벵이의 선물 따위야 안 봐도 뻔하지."

레비온은 통짜 금으로 이루어져 있는 상자를 바쳤다.

그 안에는 나름의 금빛 늑대가 들어 있었는데, 제론이 바친 선물과 비교하면 조악해서 꺼내기가 부끄러울 지경이었다.

그래도 금은 금 아닌가.

금광을 소유하고 있었기에 통 크게 지른 것이었다.

다만 문제가 하나 있었다.

소식을 듣고 급하게 제작하느라 늑대의 모양이 아니라 개에 가까웠던 것이다.

"개 같은 놈이니 이거나 먹고 떨어져라?"

"그, 그, 그럴 리가 있겠습니까!"

쾅!

"상난하나! 그게 아니라면 왜 이런 개새끼를 굳이 조각해 가져왔는가!"

"그게……."

레비온 자작은 늑대랍시고 만든 물건을 자세하게 들여다 봤다.

보기에 따라서는 개처럼 보일 수도, 늑대로 보일 수도 있었다. 하지만 선물을 받는 사람이 개새끼라고 한다면 그건 개새끼가 되는 것이다.

순간적으로 레비온 자작은 할 말을 잃고 말았다.

"그건 치우고 앉게."

"정말 죄송합니다."

레비온 자작은 그야말로 탈탈 털렸다.

중앙 정계에 막대한 뇌물을 뿌려 대는 레비온 자작이 언제 이런 대접을 받아 봤을까.

이게 모두 제론의 선물과 비교되어서 발생한 일이었다.

레비온 자작은 조용히 화를 삭일 뿐이었다.

'빌어먹을! 너는 두고 보자. 곧 몰락 귀족이 될 것이니.'

약간의 해프닝이 있었지만, 역사는 승자가 써 내려가는 것.

영지전에서 승리한다면 백작의 마음도 돌아설 터였다.

"이번에 계약된 내용이 있겠지?"

"여기 있습니다."

제론과 레비온은 테이블 위에 계약서를 올려놓았다.

영지전 이후에 일어날 일에 대해서만 서술되어 있었고, 어떤 방식으로 영지전을 벌일지는 공란이었다.

이는 중앙의 관리가 내려오면 상의하기로 제론과 레비온이 협의를 한 내용이었다.

렌카이 백작이 단호한 어조로 말했다.

"지금 라피스 왕국과 전쟁이 터지나 마나, 하고 있는 판국이지. 이런 가운데 대규모 영지전은 가당치도 않네. 소규모로 전쟁을 치른다는 것도 마찬가지야. 왕실에서 승인해 줄 수 있는 규모는 대기사 영지전일세."

제론과 레비온은 고개를 끄덕였다.

이렇게 될 것이라고는 예상하고 있었다.

애초에 세리아가 각계각층에 로비를 할 때 그런 의도로 진행하기도 했고.

영지전 시작과 동시에 총으로 쏴 버려 수호룡의 지엄함(?)을 보여 줄 생각이었던 제론은 일대일 대결을 원했다..

공교롭게도 그건 레비온 자작 역시 마찬가지였다.

북부 제일 검이라는 호칭을 가진 기사를 보유했기에 일대일 대결이 유리하다고 판단했다.

"내가 보기에 이 대결은 페로우 가문에 일방적으로 불리하게 되어 있는데 자작, 자네는 어찌 생각하나?"

"그 대신에 저희 측에서 많은 양보를 했습니다."

"이 자식이 장난하나. 페로우 가문에 너무 리스크가 크지 않나! 리스크가 크다면 페로우 가문이 승리 후에 더 많은 것을 가져와야 제대로 된 계약이 아닌가? 설마 자네는 양심도 팔아먹은 귀족이었어?"

"그, 그럴 리가요. ……백작님의 말씀이 맞습니다."

이쯤 되자 레비온은 렌카이 백작과 대립할 생각조차 하지 못했다. 더 이야기해 봤자 손해였다.

'지금의 수모는 반드시 갚는다. 여기서 공약이 더 추가된다고 해도 문제없어. 이기면 그뿐 아닌가?'

레비온 자작 입장에서는 공수표를 좀 더 남발해도 상관없다고 여겼다.

"그럼, 제가 어떻게 하면 되겠습니까?"

"도시 하나를 더 넘기게."

"예!?"

"자네에게는 도시 세 개가 있지 않나. 그중 하나를 더 넘겨야 수지 타산이 맞지 않냐는 거지."

"하, 하지만 패하는 순간 저는 몰락입니다!"

"이기면 되지 않나?"

"어……. 그건 그렇습니다."

"패할까 두렵나?"

"설마요! 그래도 너무하지 않나 싶습니다. 도시 하나가 추가된다면 금광의 반을 페로우 가문이 가져가게 되는 것이니까요."

"제가 지면 바바리안들과 교역 판매권을 넘기지요."

"뭣이!?"

"뭐!?"

제론이 그들의 대화에 끼어들자 렌카이 백작과 레비온

자작은 동시에 놀라고 말았다.

힘들게 개척한 바바리안과의 교역 판매권을 넘긴다?

이건 금광을 넘긴 것과 같은 파급력을 낼 것이다. 매장량이 정해져 있는 금광과는 다르게 바바리안과의 교역권은 실질적으로 들어가는 노동력마저 적다.

그에 비하여 이익은 상상을 초월하였기에 제론의 편에 선 렌카이 백작마저 당혹해하는 것이었다.

"다만, 하네스 백작님과의 약속은 지켜야 하니, 그중 40%는 하네스 백작님을 통해 팔아야 합니다. 나머지 60%를 자작님을 통해 매각하겠다는 겁니다."

"허어, 자네. 잘 생각해 봐야 하네."

렌카이 백작마저 말리려 했다.

하지만 제론은 강력한 의지를 내보였다.

이 정도는 되어야 나중에 뒷말이 나오지 않을 것이다.

"방금 전의 조건이라면 추후 백작님의 명성에도 금이 갑니다. 편파적이라고 말이지요."

"자네······. 정말 참된 귀족이군."

렌카이 백작은 제론을 인정했다.

제론은 어떤 상황이 오더라도 상대방을 생각하는 듯이 보였으니 감동하는 것은 당연했다.

렌카이 백작이 레비온 자작을 노려봤다.

"남작이 이렇게까지 양보했는데 불만은 없겠지?"

"암요. 어찌 제가 백작님의 결정에 토를 달 수 있겠습니까?"

"빈 란에 적어 넣게. 바로 공증에 들어갈 것이야."

모든 협의가 끝났으니 계약서에 나머지 부분을 작성하고 공증을 받는 것은 순식간에 처리되었다.

페로우 남작령 영주성.

제론은 최선을 다해 연회를 베풀었다.

강유정을 동원하여 고품질의 음식을 제공했으며, 지구에서 가져온 위스키도 대접했다.

카렌 대륙에서는 경험하지 못하는 미각을 일깨우자, 렌카이 백작은 정말로 감동하고 있었다.

"이런 귀한 음식들을 내게 대접해 주어도 되나? 자네 먹을 것도 없을 것 같은데 말이야."

"어디 음식을 백작님과의 인연에 비하겠습니까? 한번 맺어진 인연은 끊어지지 않는다고 했습니다. 백작님과 이렇게 인연이 닿은 것도 우연은 아닐 것이니, 소중하게 인연을 이어 나가고 싶습니다."

"허허! 자네는 정말 뛰어난 젊은이로군! 귀족들의 실리보다 무형의 가치를 중요하게 여기다니. 자네가 어째서 승승장구하고 있는지 알 것 같아."

"과찬이십니다."

렌카이 백작의 입에서는 제론에 대한 칭찬이 마르지 않았다.

오늘 렌카이 백작이 받은 선물만 해도 국왕에게 선물했던 명화 이상의 값어치를 한다.

명화는 보편적인 선물이었지만, 가문의 상징이 들어간 물건들은 렌카이 백작을 겨냥한 선물이었던 것이다.

선물이란 받는 사람이 마음에 들어 해야 그만한 가치를 발휘하는 법.

백작의 마음까지 움직였으니, 제론의 로비는 성공적이었다.

정치라는 것이 아무리 피도 눈물도 없는 세계라고 하지만, 사람의 마음을 움직이지 못하면 그 관계는 오래가지 못한다.

술까지 한잔 걸치니 렌카이 백작과 제론은 호형호제하는 사이가 됐다.

"동생! 이번 영지전에서 승리하기만 하게! 그 이후에는 바로 승작을 시키겠다는 국왕 폐하의 제가가 떨어졌다네."

이미 알고 있었지만 제론의 심장은 거칠게 뛰기 시작했다.

자작으로 승작하기 위해서는 대전쟁에서 큰 공을 세워야 한다고 여겼으나 왕실에서는 그런 공로보다 명화를 더 중요하게 생각했다.

공을 거들 뿐, 사전 작업이 모든 것이라 할 수 있는 것이다.

정말로 엄청난 공을 세운다면 다르겠지만, 제론은 로비가 더 중요하다는 사실을 깨달았다.

"어차피 승작은 인맥을 타고 가는 법. 자네가 지금과 같이 사람들의 마음을 사로잡아 준다면 대전쟁 이후 대귀족으로 승작이 가능할지도 몰라."

"그 정도까지는 바라지도 않습니다. 저는 자작 정도만 되어도 충분해요."

"어허, 이 우형의 말을 듣게. 우리 왕세자파가 밀어 줄 것이야. 폐하께서도 자네를 키우기로 작정하신 모양이니, 승작까지만이라도 폐하의 마음을 사로잡아야 하네."

취기로 인해 얼굴을 붉게 물들인 백작은 제론에게 실질적인 조언을 해 주었다.

변경에서 아무리 지지고 볶고 해 봤자 큰 성과가 없다는 것.

각 세력의 유력 귀족들과 친분을 다져 두어야 승작에 대한 이야기가 나왔을 때 반발이 없었다는 내용까지.

여기에 국왕이 의지를 가지고 있다면 실질적인 가결로 이어지는 것이다.

제론은 이미 그런 사실을 교역권 사건 때부터 체감하고 있었다.

교역권 역시 랭턴 공작의 인맥이 아니었다면 결코 불가능하였을 터.

제론과 같은 하급 귀족들은 인맥 관리가 최우선이었다.

백작은 얼마나 기분이 좋았던지 제론과 어깨동무까지 하며 술을 마셨다.

"동생! 이렇게 된 김에 백작까지 쭉 가는 거야. 알겠나!?"

"예, 형님! 반드시 백작의 반열에 오르겠습니다!"

"좋아! 가즈아!"

그날, 제론은 백작과 인사불성이 될 때까지 퍼마셨다.

제론은 다소 늦게 기상하여 영지전에 나설 준비를 했다.
 어제 얼마나 마셔 댔는지 머릿속에 필름이 끊겨 버릴 지경이었다.
 렌카이 백작과 술자리를 시작한 초반에는 지구에서 가져온 좋은 술을 마셨지만, 맛을 느끼지 못한 이후부터는 대충 만든 독한 럼주로 대체했다.
 어차피 맛을 느끼지 못할 바에야 굳이 한정적인 자원인 위스키를 소모할 필요가 없었기 때문이다.
 물론 숙취가 어마어마하게 몰려오긴 했다.
 "아이고, 죽겠다. 다들 이런 걸 마시고 어떻게 사는 거지?"
 제론의 나이 10대 후반임에도 이렇다.

아버지 연배나 다름없는 렌카이 백작은 어찌 됐을지 걱정이었다.

"아저씨! 이거 마시세요."

강유정이 꿀물을 가져왔다.

제론은 시원한 꿀물을 단숨에 들이켰다.

몸에 당분이 돌기 시작하자 숙취가 점점 나아지는 기분이 들었다.

"후아! 좀 낫구나!"

"미성년자가 폭음이라니. 벌써부터 그러시면 나중에 어쩌려고 그래요?"

"그러니까 왕국 사람들이 빨리 죽는 거겠지? 정치를 하려면 별수 없어. 어제 봤잖아? 렌카이 백작과 호형호제하는 거. 술의 힘을 빌리지 않으면 가능했겠냐?"

"꽤 징그럽게 느껴지는 장면이었죠."

"그냥 이 바닥이 이래."

중세에 현대인의 잣대를 들이대려 하면 안 된다.

나이 차이가 많이 나도 상급자가 호형호제를 원하면 그리되는 것이다.

레비온 자작의 경우는?

지금이야 제론이 레비온에게 존대를 하고 있지만 서로의 작위가 뒤바뀌는 순간부터 가차 없을 것이다.

"그보다, 준비는 했고?"

"물론이에요. 여기 다 들어 있어요."

그녀는 어깨에 메고 있는 검은 가방을 툭툭 두드렸다.

오늘 작전의 핵심은 바로 강유정의 저격술이었다.

제론이 원하는 때에 정확하게 상대방을 저격해 죽인다.

자비를 베풀 필요도 없이 단숨에 머리를 쏴서 죽이는 것이 목표다.

이를 위하여 그녀는 저격총을 분해하여 가방에 넣어 두고 있었다.

이번에 얻은 무전기로 원거리 통신도 가능했다.

군용 무전기였으나 강씨가 전자 회로를 우회해 태양광으로 충전했다.

제론이 명령만 내리면 누가 되었건 머리통이 날아갈 것이다.

영주성 앞에서 백작을 기다린 지 30분.

렌카이 백작이 제론을 발견하더니 손을 흔들며 인사했다.

"허허허! 동생! 잘 잤나?"

"예……. 형님!"

확실히 다 늙어 가는 렌카이 백작과 형, 동생 하는 것이 어색하긴 했다.

하지만 별수 없는 일.

상급자가 원하면 하급자는 의지에 상관없이 끌려가는 것

이 이 바닥이었다.

툭툭.

백작은 아무렇지도 않은 얼굴로 제론의 어깨를 쳤다.

"젊은 사람이 뭐 그리 힘이 없나? 내가 자네 나이 때에는 3일 밤낮을 마셔도 끄떡없었다네."

"하하, 아무래도 저는 주량을 약하게 타고난 모양입니다."

"쯧쯧, 남자로 태어났으면 주량이 강해야지."

제론과 개인적으로 친분을 튼 렌카이 백작은 촉새가 따로 없었다.

뭘 그렇게 말이 많은지 아직 술이 덜 깬 제론은 맞장구를 쳐 주는 것만으로도 죽을 지경이었다.

영지전은 페로우 평야에서 이루어지기로 했다.

제론과 렌카이 백작이 평원에 도착했을 때에는 이미 레비온 자작이 나와서 기다리고 있었다.

이 돼지 녀석은 어제 백작에게 욕을 먹었던 것이 마음에 걸려 서두른 모양이었다.

"백작 각하를 뵙습니다!"

"자네는 언제 나왔나?"

"한 시간 전에 나와서 기다리고 있었습니다!"

"이거 웃기는 놈일세."

"예……?"

"나더러 미안하라고 그렇게 일찍 나와서 기다리고 있었던 것 아닌가! 자네는 사람이 왜 그 모양인가? 쯧쯧."

"죄송……합니다."

'하……. 이 미친 늙은이!'

레비온은 육성으로 터져 나오려는 말을 간신히 억눌렀다.

오늘은 일찍 왔다고 또 욕을 얻어먹은 것이다.

자작이 시간을 딱 맞춰서 왔다면 백작의 권위가 우습냐며 털어 댔을 것이다.

제론은 그 광경을 보며 웃음을 참느라 꽤나 힘들었다.

'어쩐지 자주 보던 광경인데? 군대에서 이랬던 것 같기도 하고.'

제론이 지구에서 군복무를 하던 시절에 봤던 부조리다.

구타가 사라진 군대에서는 선임들이 말로 후임들을 갈궈 대느라 그런 스킬이 쌓인 줄 알았는데, 지금 보니 꼰대의 성질은 시대를 막론하고 존재해 왔던 것이다.

레비온 자작은 지금까지 페로우 가문을 무시했던 것에 대한 죗값(?)을 톡톡히 받고 있었다.

"양측은 나오게."

"예!"

제론과 레비온 자작은 렌카이 백작이 서 있는 곳으로 이동했다.

다만, 제론은 날렵하고 빠르게 움직인 반면, 레비온 자작은 살 때문에 움직임이 더딜 수밖에 없었다.

곧바로 렌카이 백작의 불호령이 떨어졌다.

"이 굼벵이 같은 놈! 도대체 그 꼴이 뭔가? 빨리빨리 안 움직여? 내가 우습나!"

"시정하겠습니다!"

미친 듯이 땀을 흘려 대는 레비온 자작.

마침내 제론은 돼지 한 마리와 마주할 수 있었다.

최대한 웃지 않으려 했지만 잔뜩 위축되어 어찌할 바를 모르는 자작을 보니, 제론은 자신도 모르게 웃음이 육성으로 튀어나왔다.

"푸웃."

동시에 일그러지는 레비온의 얼굴.

제론은 황급하게 변명을 했다.

"아, 죄송합니다. 어제 술을 너무 많이 마셔서 이렇습니다. 이해해 주세요."

으드득!

레비온 자작은 이를 악물었다.

누가 봐도 제론이 자작을 우습게 보는 것이었기 때문이다.

그러거나 말거나, 백작은 레비온의 반응을 무시하며 경기를 진행했다.

"오늘의 시합은 국왕 폐하의 이름으로 시행되네. 지금이라도 발을 빼겠다면 말하게. 기회를 주지."

"……."

제론과 레비온 자작은 한발도 물러나지 않았다.

양측 모두가 승리를 확신할 수 있기에 움직이지 않는 것이다.

"자, 나는 뒤로 빠질 테니 서로 할 말이 있으면 하게."

이제야 제론과 레비온 자작은 백작의 사정권에서 벗어날 수 있었다.

방해꾼이 사라지자마자 레비온 자작이 입가를 뒤틀었다.

"동생, 이 우형을 원망하지 말게. 일을 키운 것은 자네야."

"형님이야말로 원망 마시죠. 저는 분명 말씀드렸습니다. 형님께서 제 영지를 탐내시니 수호룡의 가호가 발동될 것이라고요."

"허허허, 자네는 아직도 그 동화 같은 이야기를 믿나?"

"믿으니까 올인을 했겠죠."

"올인이라……. 좋은 말이군."

그 둘은 그렇게 물러났다.

계약을 마쳤고, 중앙에서 심판으로 흠차대신이 내려왔다.

국왕의 이름으로 공증까지 되었으니, 대결 이후의 결과에 대해서는 귀족답게 책임을 져야 한다.

계약을 이행하지 않을 시에는 단순히 욕을 먹고 끝나는

것이 아니라, 중앙군이 내려와 영지를 박살 내고 귀족가 전체를 몰살시킬 것이다.

이것은 평범한 계약이 아니었기에 어길 시의 페널티도 어마어마했다.

제론은 손에 무전기를 꽉 쥐었다.

이제 버튼 하나만 누르면 바로 드래곤의 가호(?)가 발동될 예정이었다.

페로우 남작 측과 레비온 자작 측에서 기사들이 준비하고 있었다.

페로우 남작은 드래곤의 가호를 믿는 모양이었지만, 레비온 자작은 기사의 실력을 믿었다.

최소한 북부에서 만큼은 무패로 이름이 자자한 버케인이 승리할 것이라고 말이다.

"버케인 경! 이번에 승리한다면 자네의 출셋길이 열릴 것이야. 장원을 하사하는 것은 물론이고, 본관이 백작 위를 받게 된다면 자네 역시 제후 귀족이 될 수 있을 것이라네."

"저는 백작님만 믿고 있습니다!"

버케인 폰 아슐리히.

레비온 자작가의 기사 단장이었으며, 미래가 촉망되는 인재였다.

출세를 위하여 달려가는 전형적인 몰락 귀족이었으며,

가문을 일으키는 것이 꿈이었다.

버케인 역시 이번 대결에서 패할 것이라는 생각은 들지 않았다.

이번 대결에 나오는 상대방 기사가 금발을 아름답게 휘날리고 있는 가르시아 경이라 더욱 그렇다.

'저 얼굴만 반반한 놈이군! 금방 끝나겠어.'

버케인도 가르시아 경이 어떤 사람인지 소문을 들어 알고 있었다.

그 명성(?)은 페로우 남작령을 넘어 레비온 자작령에도 들릴 정도였는데, 놈으로 인해 주변 영지 처녀 몇이 눈물을 흘렸다는 이야기는 유명했다.

페로우 가문 최고 실력자인 제널드 경도 아니고, 고작 그런 바람둥이라니?

어처구니가 없기는 멀리서 이 광경을 지켜보고 있던 레비온 자작도 마찬가지였다.

"하! 가르시아 놈이 출전한다고?"

"예, 영주님! 대결은 끝난 것이나 다름없습니다! 가르시아 녀석도 꽤 검을 잘 다루지만 버케인 경에 비하면 한참 아래죠."

"도대체 페로우 남작 저놈의 머리에는 뭐가 들어 있는 거지? 당최 이해를 할 수 없단 말이야."

레비온 자작은 생각을 하면 할수록 머리가 아픈지 고개

를 흔들며 상념을 털어 냈다.

홈차대신까지 내려와 계약서가 공증된 이상, 이번 대결에서 승리한 쪽은 엄청난 영토와 이권을 얻게 된다.

몇 년 후에는 페로우 영지를 완전히 집어삼키고 레비온 자작이 승작을 할 수 있을지도 모르는 일.

이런 위험을 페로우 남작이 정말 모르는 걸까?

페로우 영지의 가르시아는 기사로서 꽤 이름이 있었지만, 그보다는 여자 후리는 재주가 더 뛰어나다고 알려져 있었다.

오죽하면 여기사 레일라 경이 가르시아를 찾아가 지근지근 밟아 주었을까.

그런 놈이 대기사로 나왔으니 기가 찰 지경이었다.

더불어 영지의 참모들도 별일 아니라는 듯이 말했다.

"굳이 제론 페로우가 영주님께 땅과 이권을 바치겠다는데, 마다하실 필요는 없는 것 같습니다. 저 멍청한 놈은 영주님을 진정 형님으로 모시고 있는지도 모르고요."

"하! 그래, 나도 이만 생각해야겠어."

제론과 레비온 자작은 멀리서 손짓을 하며 신호를 보냈다.

준비가 완료되자 깃발수들이 깃발을 흔들었다.

펄럭!

팟!

대결이 시작됨과 동시에 버케인 준남작은 엄청난 속도로 가르시아를 향해 쇄도해 들어갔다.

그 민첩성은 가히 상상을 초월할 지경이었다.

퍼억!

기세는 좋았지만 그 순간.

갑자기 버케인 준남작의 몸이 붕 떠오르더니 머리통이 작살나며 그대로 튕겨져 나갔다.

털썩.

"……."

휘이이잉.

황량한 평야에 불어오는 바람.

바닥에는 뭔가에 맞고 즉사한 버케인 준남작의 시신만 나뒹굴고 있었다.

마치 천벌을 내린 것처럼 버케인 준남작이 가르시아 경에게 달려가다가 즉사해 버렸다.

눈앞에서 벌어진 일이지만 믿을 수가 없을 정도로.

여전히 레비온 자작은 상황을 인지하지 못했다.

검이라도 한 번 대어 봤어야 대결이라 할 수 있을 텐데, 멀쩡히 달려가던 사람이 갑자기 뭔가에 맞은 것처럼 머리통이 날아가 버렸으니 이해할 수가 없는 것이다.

마법?

양측 영지에는 마법사가 없었다.

마법을 썼다면 어디선가 쓰는 흔적이라도 있어야 했다.

화살?

양측 누구도 화살을 날리지 않았다.

게다가 화살을 날렸으면 머리에 꽂혀 있어야지 저런 식으로 머리통이 날아가지 않는다.

"이런 말도 안 되는!"

레비온 자작은 온몸의 피가 차갑게 식는 느낌과 함께 자리에서 벌떡 일어났다.

그 비대한 몸이 휘청거리자 기사들이 잡아 주어 넘어지는 참사는 면했다.

두근! 두근!

상황을 인지하기 시작하자 레비온 자작의 심장이 미친 듯이 뛰었다.

도박에 전 재산을 밀어 넣었다가 한꺼번에 다 잃은 느낌이었다.

제론 페로우가 말했던 올인.

그러나 올인을 당한 것은 레비온 본인이었다.

"이게 대체 뭔가! 말도 안 된다!"

"으하하하!"

레비온 자작이 노발대발하고 있을 때, 반대쪽에서 제론 페로우가 웃으며 걸어 나왔다.

그는 영지 쪽으로 무릎을 꿇더니 큰절을 했다.

"수호룡이시여! 감사합니다! 당신 덕분에 우리 가문이 영광을 얻을 수 있게 되었습니다!"

제89화. 후폭풍(1)

 제론은 엎드려 몸을 떨었다.
 마치 수호룡에게 감격하여 정말로 감사를 표한다는 듯이 말이다.
 '손쉬운 작업이었다.'
 여기까지 상황을 몰아가는 시간이 오래 걸렸던 것이지, 저격을 수호룡의 가호로 포장하는 것은 일도 아니었다.
 일어나서 주변을 둘러보니 다들 충격을 받은 표정이었다.
 심지어는 제론의 가신들조차 입을 쩍 벌리며 다물지 못하고 있었으니, 렌카이 백작이나 레비온 자작이 얼마나 놀랐을지는 충분히 짐작된다.
 제론이 렌카이 백작에게 물었다.

"백작님! 판결을 내려 주십시오!"

"어……. 어? 그, 그러지."

백작은 말까지 더듬거렸다.

"이는 명백히 자네의 승리일세!"

"와아아아!"

백작의 입에서 공식적인 판결이 내려졌다.

동시에 가신들의 입에서 환호성이 터져 나왔다.

레비온 측에서는?

그들은 움직일 생각조차 못 하고 있었다.

레비온 자작은 온몸에 달려 있는 비곗덩어리가 부들부들 떨렸고, 얼굴은 땀에 푹 젖어 육수를 쭉쭉 뽑아내는 중이다.

자작가의 가신들도 마찬가지.

지금 날씨가 그리 덥지 않음에도 불구하고 땀을 뻘뻘 흘렸으며, 몇몇은 나라 잃은 사람들처럼 주저앉아 망연자실했다.

그만큼 방금 일어났던 일이 충격적이었던 것이다.

빠르게 정신을 차린 렌카이 백작이 질문을 던졌다.

"정말 놀랐네, 동생! 내 평생 이런 광경을 본 적이 없어. 정녕 수호룡의 가호가 맞는 것인가?"

"예, 형님. 틀림없이 가호가 맞습니다."

"지금껏 남작령에서 꽤 많은 영지전이 일어났던 것으로

아네. 이전에는 왜 가호가 출현하지 않았던 건가?"

"직위를 물려받는 순간, 수호룡께서 제게 임하심을 느꼈습니다. 아마 총애가 온 모양입니다."

"그렇군! 수호룡의 총애라!"

"다만 영지 밖에서는 이런 가호가 느껴지지 않습니다. 자작이 침공을 해 온 것이기에 가호가 발동한 것입니다."

"허허, 그런 것이었나?"

백작은 웃으면서도 다소 안타깝다고 여기는 모양이었다.

이런 가호가 영지 밖에서도 발동하게 된다면 앞으로 전쟁을 함에 있어 많은 도움을 받을 수 있을 것이기 때문이었다.

제론은 확실하게 범위를 못 박았다.

가호(?)를 남발하게 된다면 언젠가 들통이 날 것이 확실했다.

잘못하면 영지전에서 승리했다는 사실이 무효가 됨은 물론이고, 기군망상의 죄가 될 수도 있었다.

"이건 자네가 이길 수밖에 없는 싸움이었어."

백작은 입이 마르도록 제론을 칭찬했다.

유물(?)을 선물하며 융숭하게 대접해 주었더니 무조건 제론의 편에 서려 하였다.

페로우 가문 측은 화기애애하게 대화를 이어 나갔으나, 온몸을 출렁거리며 달려온 자작은 눈이 새빨갛게 변한 채로 소리쳤다.

"불복합니다!"

"응? 내가 지금 잘못 들었나?"

백작은 손가락으로 귀를 팠다.

왕명을 받고 내려온 흠차대신의 판정에 불복한다는 것은 있을 수가 없는 일이었기 때문이다.

그러나 눈이 뒤집힌 자작은 상황 판단이 잘 되지 않는 모양이었다.

"각하! 이게 어찌하여 영지전입니까? 싸워 보지도 않고 대기사의 머리에 구멍이 났으니 치졸한 수를 쓴 것이 분명합니다!"

"불복……이라고?"

"예! 불복합니다!"

'이 미친 새끼가! 흠차대신의 판정에 불복해!'

'이건 영지전에서 패한 수준이 아니라 멸문할 수도 있는 위기다!'

자작의 실성한 듯한 발언에 레비온 가문의 가신들이 뜨악한 표정을 지으며 수습에 나섰다.

"아이고, 각하! 저희 영주님께서 정신이 혼미하신 것 같습니다! 워낙에 부지불식간에 일어난 일이라서 말입니다. 이해를 해 주시면 감사하겠습니다!"

"맞습니다! 요즘 자작님께서 더위를 드셔서 잠시 판단력이 흐려지신 것 같습니다!"

"저희는 물러나겠습니다!"

반쯤 맛이 가 있는 레비온 자작에 비해 그 가신들은 필사적이었다.

하지만 그걸 두고 볼 렌카이 백작이 아니었다.

"잠깐."

그는 진정으로 열이 받았다는 얼굴로 손을 들었다.

순식간에 분위기가 얼어붙기 시작했다.

"자작, 다시 한번 묻지. 진정으로 왕명을 받아 내려온 흠차대신의 판정에 불복하는 건가? 가부만 말하게."

"저는……! 읍!"

자작가 가신들은 돼지 놈의 입을 틀어막아 버렸다.

레비온 자작의 눈은 반쯤 뒤집혀 있었는데, 도저히 정상적으로 사고를 하는 것 같지가 않았기 때문이다.

그런 주제에 힘은 제법 있었는지 자신을 붙잡고 있던 가신들을 뿌리쳤다.

동시에 터지는 울분.

"으아아아아! 쿨럭!"

서서히 레비온 자작의 정신은 돌아오는 듯했지만 서 있는 것도 위태로웠다.

"승복……하겠습니다."

털썩.

결국 자작은 그대로 기절해 버렸다.

이제야 안심하는 자작가 가신들.

백작은 진정으로 아깝다는 표정을 지었다.

자작이 한마디만 잘못했으면 왕실에서 군대를 파견할 것은 물론이고, 모욕을 받은 렌카이 가문과 페로우 가문에서까지 군을 일으켜 레비온 자작가를 지도에서 지워 버렸을 것이다.

"쯧, 욕심만 많은 돼지 새끼가 분수도 모르는군. 레비온 가문은 들어라."

"예!"

자작가 가신들은 입술을 짓씹으며 부동자세를 취했다.

그들도 알고 있었다. 자신들의 주군인 레비온 자작이 큰 실수를 저질렀고, 백작이 트집을 잡으면 결코 좋게 넘어갈 수 없다는 사실을 말이다.

"페로우 남작은 지금껏 수호룡의 가호가 발동할 것이라 예고했었고, 실제로 적용되었다. 너희들이 페로우 가문을 침공하였기에 대가를 받은 것일 뿐. 사전에 협의가 된 내용을 불복한다고 이야기했을 때에는 진정으로 레비온 가문을 멸하려 하였다."

"……."

"그러나 레비온 자작이 결국 승복하였으니 가혹한 형벌을 내리지는 않을 것이야. 계약서에 적힌 대로 이해하라.

뒤에서 수작을 하려 한다면 왕명으로 다스릴 것이니, 내 경고를 결코 좌시해서는 안 될 것이야."

"명을 받드옵니다!"

레비온 자작가의 가신들은 축 늘어져 있는 돼지 한 마리를 질질 끌고 사라졌다.

이것으로 영지전은 종료된 것이다.

제론은 부리나케 사라지는 자작 가문의 사람들을 보며 입꼬리를 뒤틀었다.

'돈이 아깝지 않았어. 백작이 이렇게까지 내 편을 들어주다니.'

몸을 돌린 제론의 얼굴이 활짝 폈다.

"형님! 저희 영지로 돌아가시죠! 오늘 저녁에는 맛있는 음식을 대접하겠습니다!"

"그럼 한잔하는 건가?"

"당연한 일 아닙니까?"

술에 환장한 백작은 당연히 이 기회를 놓치지 않았다.

어제 너무 과음하여 필름까지 끊어진 제론이었지만, 오늘 같은 날에는 간이 씩어 늘어갈 정도로 마셔 줄 수 있었다.

레비온 자작은 지독한 악몽을 꾸었다.

영지의 주도를 제외한 거의 모든 지역을 영지전에 걸었

으나 고작 남작 따위에게 패배하여 모든 것을 빼앗기는 꿈이었다.

생각만으로도 몸서리가 쳐지는 잔혹한 내용이었기에 그는 팔을 허우적거리며 깨어났다.

"안 돼! 으허어억!"

"영주님! 정신이 드십니까?"

"으으……. 드셀라 경? 내가 왜 이러고 있는 거지?"

레비온 자작의 머리에는 잠시 인지 부조화가 왔다.

충격적인 영지전의 결말에 현실을 뒤로 밀어 버리고 기억을 흐려 놓은 것이다.

영지 참모장 드셀라 경은 침통한 표정을 지었다.

"기억 안 나십니까? 영지전에서 패하였고 왕명으로 공표되었습니다."

"뭣이……!?"

이제야 레비온 자작은 정신을 차렸다.

지금까지 꾸었던 꿈은 단순한 꿈이 아니라 현실을 기반으로 한 미래의 재구성이었다.

이대로 시간이 흐르면?

레비온 가문은 몰락이 확실했다.

"우웨웩!"

얼마나 스트레스가 심했는지 레비온 자작은 피를 한 사발이나 쏟았다.

한참 난리를 쳤던 자작이었지만 여전히 현실을 받아들이기 힘든 모양이었다.

"내가 그 애송이에게 패하다니. 말이 되나?"

"정말로 드래곤의 가호가 발동된 모양입니다."

"헛소리! 그런 일 따위가 있을 리가?"

"갑자기 머리에 구멍이 뚫리는데, 천벌이 따로 없었습니다. 직접 보셨지 않습니까?"

"그건……. 분명 사술이다!"

"왕명으로 끝난 일입니다, 영주님. 정신 차리십시오! 이러다가는 정말 멸문입니다!"

드셀라 경의 설득에 레비온은 자칫 목숨조차 건지지 못할 수도 있었다는 사실을 깨달았다.

점점 레비온 자작도 현실이 몸에 와닿았다.

"이대로 무너질 수는 없다. 인구와 재산이라도 빼와야 해."

"이미 남작가 병사들과 행정관이 파견됐습니다. 여기에는 왕실 기사들도 참여하고 있어 힘들 겁니다."

"그럼 끝장일세!"

"미래를 보셔야 합니다! 아직 금광의 반은 남아 있고, 곧 있으면 대전쟁입니다. 그때 공을 세워 벌충하면 됩니다."

"크으……."

레비온은 신음했다.

울화가 치밀어 피를 그만큼 토했으니 속이 멀쩡할 리가 없었다.

 레비온은 그제야 정확하게 상황을 분석하기 시작했다.

 흠차대신이 제론 페로우의 편이었기에 여기서 수작을 잘못 부렸다가는 정말로 골로 간다.

 계약이 이행되지 않아도 마찬가지다.

 역시 수습 방안은 보이지 않았다.

 "제론 페로우 이 개자식……! 우웨웩!"

 페로우 남작령 영주성.

 레비온 자작은 자신의 수명까지 깎아 먹어 가며 분노를 토해 냈지만 남작령은 축제 분위기였다.

 벌써 영지전에서 승리했다는 소식이 백성들에게 퍼지기 시작했다.

 제론은 전쟁에서 개선하는 것처럼 돌아왔다.

 오자마자 영주성 대전에서는 여러 가지 명령들이 내려졌다.

 첫 번째는 자작령의 도시 두 개를 인수하기 위해 각각 사람을 보낸 것이다.

 백작은 여기서도 호의를 베풀어 주었다.

 자작 가문에서 꼬장을 부릴 수도 있었으므로 왕실 기사를 붙여 준 것이다.

 흠차대신과 함께 온 왕실 기사는 실권을 가지고 온 것은 아니었지만 그들을 건드렸다가는 반역도로 몰린다.

두 번째로는 행정 절차를 명령했다.

마지막으로는 비공식적으로 다크 문에 명령을 내려 인구와 재산의 유출이 없는지 감시하게 했다.

이는 매우 중요한 절차다.

영지전에서 승리했다고 대충 넘어가면 안 된다.

영토와 인구, 재산을 온전히 가져와야 제대로 계약이 이행됐다 볼 수 있었다.

만약이라도 레비온 자작이 정당한 대가를 빼돌리려 한다면, 이를 근거로 하여 자작령 전체를 박살 내 버릴 수 있게 된다.

'부디 그렇게 되었으면 좋겠는데.'

제론은 내심 기대하고 있었다.

눈깔이 뒤집혀 버린 레비온 자작이 그릇된 판단을 내려 주기를.

그렇게만 되면 자작령이 가진 나머지 도시까지 전부 페로우 가문으로 흡수할 수 있게 된다.

물론 거기끼지 일이 신행될 수 있을지는 두고 봐야 한다.

마침내 모든 처리가 끝나자 조용히 앉아 있던 백작이 자리에서 일어났다.

"다 끝났나?"

"예, 백작님."

백작의 목소리가 근엄했다.

제론을 대할 때에는 호형호제하며 농담까지 하는 렌카이 백작이었으나, 이렇게 무게를 잡으니 순식간에 분위기가 얼어붙는 것 같았다.

렌카이 백작이 품에서 금빛의 칙서를 꺼내 들었다.

"제론 페로우 남작은 왕명을 받들라!"

"신(臣) 제론 페로우! 삼가 왕명을 받드옵니다!"

목소리를 가다듬은 렌카이 백작은 단숨에 칙서를 읽어 내려갔다.

"북부의 방패이자 왕국의 진정한 충신 페로우 남작은 들어라. 페로우 가문은 오랜 시간 북부의 바바리안과 몬스터를 막아 왔으며, 최근에는 숙적 바바리안과 평화 협정을 체결하여 국경을 안정시킨 공로가 있다. 페로우 가문이 그간 바쳐 온 충성과 남작이 세운 최근의 공로를 참작하여 자작위를 하사한다."

"……!"

가만히 왕명을 받던 제론은 깜짝 놀랐다.

자작으로 승작을 해도 시간이 좀 걸릴 것이라 생각했었는데, 그 처리 속도가 중세답지 않게 5G 급이었다.

"신 제론 페로우, 언제나 왕실의 안녕과 왕국의 번영을 위해 목숨을 바치겠나이다! 국왕 폐하 만세!"

제론은 자작 위(位)에 올랐다.

영지 전체가 축제 분위기다.

아직 공식적인 축제를 열지는 않았지만, 며칠 안에 대량으로 자금을 풀어 축제를 열어야 할 것 같았다.

그 전에 제론은 렌카이 백작, 영지의 가신들과 함께 먼저 연회를 즐겼다.

시작은 역시 독한 위스키였다.

백작은 지구의 위스키에 맛이 들린 모양인지, 시원시원하게 술잔을 비워 냈다.

"자자, 동생! 정말 고생 많았네. 이 우형이 한잔 따르지."

"감사합니다, 형님! 이 모든 것이 형님 덕분입니다."

"내가 한 일이 뭐가 있다고? 나는 그저 국왕 폐하께서 공정하게 판정하라 엄명을 내리셨기에 따른 것뿐일세."

"어쨌든, 감사드릴 따름입니다."

"당연한 것을 무얼. 쭉쭉 마시자고!"

제론은 위스키를 원샷했다.

목이 제대로 타들어 가는 느낌이다.

연거푸 세 잔.

이쯤 되자 제론조차 백작의 모습에 혀를 다 내둘렀다.

'진정한 술고래로구나!'

백작의 모습을 보면 술을 즐기는 정도가 아니라 폭음이 아닌가?

제론은 도저히 몸이 버티지 못할 거라고 여겼지만, 아직 그 정도는 아닌 모양이었다.

아침까지만 해도 죽을 것 같더니 저녁이 되어 나아지더니 은근히 술을 기대하게 되었다. 이걸 보면 천생 한국인(?)이 아닌가 싶다.

한창 분위기가 무르익었다.

백작은 지극히 정치 귀족이었기에 술자리에서 나오는 이야기도 정치일 수밖에 없었다.

"자네도 이제 유력 귀족이 되었으니 중앙에게 주목을 받게 될 걸세."

"유력 귀족이라니요? 소제를 나무 높게 평가해 주시는 것 아닙니까?"

"응? 애초부터 자네의 영지는 자작령 급의 영지였어. 여기에 자작령의 도시 두 개를 통째로 가져왔으니 상당한 힘을 갖게 되는 것이 맞지. 그리고 자네가 수도에서 쌓은 인맥을 보게. 새로운 정치 세력이 등장한 것이나 마찬가지야."

렌카이 백작의 말이 틀린 것도 아니었다.

제론이 수도에 올라가는 순간, 그 세력비가 바뀔 수도 있는 것이다.

페로우 가문은 바바리안과 교역을 시작하였고, 레비온 자작이 가지고 있던 금광도 반이나 빼앗아 왔다.

머지않아 막대한 자본이 쌓일 것이며, 영지 곳곳이 개발될 것이 확실하다.

강씨 부녀만 해도 엄청난 힘이 되어 주고 있었으니, 검증된 생존자 몇 명만 더 넘어오게 된다면 영지의 힘은 더욱 팽창할 것이다.

제론의 머리에는 미래가 충분히 그려졌지만, 이 순간만큼은 겸손한 것이 맞다.

"이제 영지전도 끝났으니 몬스터를 토벌하려 합니다. 교역로를 확보해야 하니 말입니다."

"붉은 오크가 문제라고 했지?"

"예, 형님."

"토벌을 완료하고 장계를 쓰게! 분명히 인사에 반영을 시킬 것이니."

"정말 감사할 따름입니다."

"하하하! 자네와 나 사이가 무관하지 않은데 뭘 그런 소리를 하나."

"……"

제론은 삼깐 어색한 표정을 지었지만 곧 웃음으로 감추었다.

도대체 백작의 속을 알 수가 없었다.

진정으로 제론을 동생처럼 생각을 하는 건지, 정치적으로 가면을 쓰고 있는 것인지.

어쨌든 뇌물의 힘을 빌려서라도 이 정도 친분을 맺게 되었으니, 앞으로 많은 도움을 받을 수 있을 것이다.

"동생, 내일부터는 철저하게 영지를 관리하도록 하게. 레비온 그 작자는 한눈에 보기에도 욕심이 많아. 뭔 일이 터져도 단단히 터질 것 같네. 만약 불상사가 벌어진다면 증거를 철저하게 수집하도록 하게. 그걸 빌미로 레비온 자작을 쳐 낼 수도 있을 것이니."

"가능하겠습니까?"

"가능하게 해야지. 북부에서 2왕자파 세력 하나가 사라지는 것이라면 4왕자파와 손을 잡고 레비온을 숙청해 버릴 수도 있음이야."

"그, 그렇군요."

실로 살벌한 귀족의 세계였다.

지금은 상대적으로 왕세자파에 비하여 세력이 밀리는 2왕자파와 4왕자파가 손을 잡고 있는 형국이었다.

하지만 정치란 필요에 따라서 손을 잡는 법이었으니, 2왕자 파벌의 힘을 줄일 수 있다면 4왕자도 찬성할 것이다.

한 가문을 축출해 버리겠다는 말을 아무렇지도 않게 하는 렌카이 백작이었지만 중세의 정치란 현대보다 냉혹한 법이었다.

"형님, 잠시 용변을 좀 보고 오겠습니다."

"그러게! 나는 이 위스키라는 것을 음미하고 있겠네."

제론은 잠시 테라스로 나와 꿀물을 들이켰다.

"후, 정말 지독한 술꾼이야."

제론은 잠시 취기를 다스렸다.

이러다간 며칠 내내 골골거릴 수도 있겠다는 생각 때문이었다.

제론은 휴식을 취하는 동안 레일라 경을 호출했다.

그녀 역시 오늘 만큼은 술을 마셨는데, 그 탓에 얼굴이 살짝 붉어져 있었다.

그럼에도 부동자세로 서 있는 것을 보니 레일라 경이야말로 천생 기사라는 생각이 들었다.

"레일라 경, 아까 백작이 하는 말 들었나?"

"증거가 중요하다는 말씀이라면 들었습니다."

"분명 다크 문이 레비온 자작가에도 세력을 만들고 있겠지?"

"예, 북부 전체에 지부를 가지고 있습니다."

다크 문은 레일라 경이 전담해서 처리하고 있었다.

제론은 영주였고, 지구와 오가며 영지 발전에 힘을 써야 했기에 다크 문까지 신경을 쓸 여력은 없었다.

충성심 강한 레일라 경이 다크 문을 전담해 주고 있었기에 필요할 때 호출하여 쓸 수 있는 것이다.

"레비온 자작은 반드시 수작을 부릴 거야. 이번에 인수되는 도시에서 재산을 빼돌릴 가능성이 높지."

"감시 명령을 내릴까요?"

"그래, 레비온 영지 근처에 깔아 둔 다크 문 전력을 모두 가용하여 레비온 자작과 그 휘하 가신들을 감시하도록. 증거가 있다면 잡아서 마땅히 문제 삼아야지."

"바로 지시하겠습니다."

페로우 영지는 흥분이 끓어오르고 있었지만 레비온 영지는 그 반대일 것이다.

제론이 레비온 자작의 입장이라고 해도 각 도시에 쌓아 두었던 부를 어떻게든 옮겨 오려 할 것이니 증거를 잡아내야 하는 것이다.

이번 영지전에는 어명이 끼어 있었다.

국왕이 직접 명령을 내려 흠차대신까지 파견되었는데, 영지전 이후 계약을 이행하는 과정에서 레비온 자작이 수작을 부린다면 가문을 몰살시킬 수 있는 근거가 된다.

계약에 의해 자작가 도시들이 손에 들어왔으니 부(富)가 유출되는 것은 용납하지 못한다.

제론의 명령을 받은 레일라 경은 해가 떨어지고 있었음에도 영주성을 빠져나갔다.

레비온 자작령 서부 도시 파레안.

파레안의 총책임자 뱅커스 준남작은 방금 들어온 소식에 충격을 받아 제대로 반응조차 할 수 없었다.

"패하였다고!?"

"예! 그로 인하여 영주님께서 쓰러지셨다고 합니다."

"허, 그게 말이 되나?"

"흠차대신이 판결을 내려 반박할 수 없었습니다."

전령의 말에 뱅커스의 눈동자가 정처 없이 흔들렸다.

도저히 믿을 수가 없는 일이었기 때문이다.

'페로우 남작이 승리했다니!'

그 역시 계약의 내용은 숙지하고 있었다.

양측에서는 가문의 사활을 걸고 영지전을 계획했다.

패하기라도 하는 날에는 가문이 몰락할 만큼 도박에 가까운 계약을 맺은 것이다.

하지만 레비온 가문의 누구도 이 전투에서 질 것이라 생각하지는 않았다.

버케인 단장이 누구던가?

그는 검술에 있어 독보적인 실력을 갖춘 기사였다.

북부 제일 검이라는 칭호는 도박으로 딴 것이 아니다.

그런 버케인이 죽었다는 소식을 들었을 때의 충격이란.

뱅커스의 온몸이 떨려 왔다.

"젠장! 영주님께서 뭐라고 지시하셨나?"

"비밀 창고의 금괴들을 최대한 빨리 영주성으로 옮기라고 하셨습니다."

"그 밖에는?"

"흠차대신 때문이라도 영지민을 옮기는 것은 불가능하다고 하셨습니다."

"하! 이만하면 몰락 아닌가!"

레비온 가문은 졸지에 주저앉았다.

영토를 이만큼이나 잃었으니 재기는 매우 어려울 것이다.

물론 레비온 가문이 일어날 수 있는 가능성이 전혀 없는 건 아니었다.

레비온 본성은 나름대로 잘 발달해 있었고, 대평야를 통해 자급자족이 가능하며 금광 역시 반은 남아 있었다.

곧 대전쟁이 벌어질 것이니 어떻게든 공을 세우면 중앙에 뇌물을 뿌려 영토를 확장할 수 있을 것이다.

생각을 마친 뱅커스는 자금의 확보가 무엇보다 중요함을 깨달았다.

'금괴부터!'

뱅커스의 명령이 하달되기 직전, 전령이 달려오더니 보고했다.

"준남작님, 페로우 영지에서 인수인계를 나왔습니다."

"뭣이!? 벌써!?"

"행정관과 왕실 기사까지 대동한 것을 보니 작정한 모양입니다!"

"허어!"

실로 발 빠른 움직임이었다.

어떻게 영지전이 끝나자마자 인수를 위한 병력이 도착할 수 있을까?

이는 페로우 남작이 사전에 계획하지 않고는 불가능한 일이었다.

뱅커스는 더욱 신중하게 움직이기로 했다.

'비밀 창고의 금괴를 옮기는 일은 새벽에 하는 것이 안전하겠군. 왕명이 내려진 이상, 영지민을 빼내는 것은 힘든 일이니.'

곧 인수인계 책임자가 모습을 드러냈다.

어깨까지 내려오는 금발에 심혈을 기울여 조각한 것 같은 얼굴.

뛰어난 기사가 분명하지만, 그 외모 때문에 실력이 가려진 가르시아 경이었다.

"꺄악! 가르시아 경! 정말 멋지세요!"

"하하하! 레이디들, 제가 바로 그 가르시아입니다."

"데이트할 수 있어요!?"

"이 아름다움을 널리 전파하는 것이 이 가르시아의 임무. 레이디들! 데이트는 언제나 환영입니다. 단! 25세 이하만 지원해 주세요! 우하하하!"

"……."

가르시아 경은 페로우 영지에서 유명한 바람둥이였다.

이 인간 때문에 레비온 영지마저 피해를 보았을 정도로.
저 우쭐거리는 목소리를 어찌 잊을 수 있을까.

가르시아 경의 뒤에는 문관들과 왕실 기사들이 따르고 있었다.

'뭐지? 이 기분 나쁨은?'

시녀들은 뱅커스의 얼굴을 볼 때마다 인상을 썼다가 바로 가르시아에게 고개를 돌렸다.

페로우 남작이 뱅커스의 속을 긁기 위해 가르시아를 보낸 것이라면 매우 성공적인 인사였다.

한창 시녀들과 시시덕거리던 가르시아는 이제야 준남작을 발견했다는 듯 손을 흔들었다.

"오! 뱅커스 준남작님, 간만입니다. 그동안 잘 지내셨습니까?"

"……나야 잘 지냈지. 정말 의외로군. 자네가 인수인계 책임자로 오다니."

"하하하! 주군께서 이 가르시아를 그만큼 높게 평가하신다는 뜻이 아니겠습니까?"

"여자들을 후려 우리 가신들의 심기를 어지럽히려는 건 아니고?"

"하하하!"

그 순간.

가르시아 경의 웃음이 뚝 멈추었다.

그는 뱅커스에게 천천히 다가오더니 듣기에도 살벌한 말을 내뱉었다.

"너희들의 처지를 인식하고 허튼짓을 할 생각은 애초부터 접는 것이 좋을 것이다. 사지가 분리되어 그 피가 영지민들의 배 속으로 들어가고 싶지 않거든."

어둠이 깊게 내려앉은 새벽.

해가 지면 일을 끝내고, 해가 뜨면 일을 시작하는 이 시대 특성상, 거리에는 사람 하나 돌아다니지 않았다.

미개발 지역, 성벽의 보호조차 받지 못하는 위험한 지역으로 검은 복면을 쓴 인영이 어둠을 갈랐다.

사락. 사라락.

체형으로 보건대 여성이었다.

특수한 직종에 있지 않는 이상 야밤에 여자 혼자 돌아다닌다는 것은 위험한 일이다. 그것도 몬스터가 튀어나올지도 모르는 성벽 밖은 사지(死地)가 아니던가.

그러나 그녀의 움직임에는 거침이 없었다.

'예상이 맞았어.'

다크 문 레비온 지부 공작원 샤를렌은 수상하게 움직이는 일단의 무리들을 뒤쫓고 있었다.

어제저녁 레비온 가문은 페로우 영지와의 영지전에서 패했다.

이 때문에 파레안에 숨겨 놓은 금괴들이 은밀하게 움직일 것이라는 사실 정도는 충분히 예상할 수 있었다.

상부에서는 샤를렌에게 지금껏 조사하고 있었던 비밀 창고의 행방을 쫓아 보고하라는 명령을 내렸다.

그녀는 지금껏 금괴가 보관되어 있는 비밀 창고를 찾기 위해 노력해 왔다.

레비온 자작가의 비밀 창고를 찾기만 한다면 다크 문의 든든한 자금력이 될 수 있었기 때문이다.

또한 공로가 인정되어 지부장으로 승진할 수도 있었다.

더 높은 직위에 올라서는 것은 모든 조직원들의 꿈.

드디어 그녀에게도 기회가 온 것이다.

새벽에 움직이는 자들은 꽤나 조심스러웠다.

그들은 몇 번이나 주변을 확인하고 있었으며 척후까지 운영했다.

그러나 척후는 샤를렌의 흔적을 발견할 수 없었다.

어둡기도 했고, 전문적으로 공작원 교육을 받은 샤를렌의 뒤를 캐는 것은 거의 불가능한 일이었다.

도시에서 대략 1km 떨어진 외딴 마을.

지금껏 도시 내부에 비밀 창고가 있을 것이라고 생각해 왔지만 의외의 곳에서 창고가 발견되었다.

"빨리빨리 움직여라! 이 금괴들이 영지의 미래라는 것을 잊지 말아야 할 것이야."

"예, 준남작님!"

'호오, 뱅커스 준남작이었어?'

그는 레비온 영지 3대 도시 중 하나인 파레안의 관리자다.

다른 말로는 시장인 것이다.

뱅커스 준남작이 비밀 창고의 행방을 알고 있을 거라 의심하고 있긴 했지만 그가 직접 나서서 지휘할 줄은 몰랐다.

그녀는 금괴를 옮기고 있는 자들을 감시하며 전서구를 날렸다.

[파레안 부속 마을 '포이온'에서 비밀 창고 발견.]

그 시각.

가르시아는 언제라도 출동할 준비를 했다.

덕분에 영지군 30명과 왕실 기사는 밤새도록 대기하는 중이었다.

왕실 기사 오펀스는 밀려오는 잠을 간신히 억누르며 가르시아 경에게 물었다.

"가르시아 경, 정말 오늘 레비온 자작이 움직이는 것이 맞소?"

"아마 그럴 겁니다. 오늘이 아니면 기회가 없다는 사실도 그쪽에서 알 테니까요."

"한 시간 안에 연락이 오지 않는다면 작전을 취소합시다."

"그럴 수는 없습니다! 오늘이 아니면 레비온 놈의 수작질을 알아차리기 힘들어요."

"흠, 놈들이 내일 움직일 가능성은 없소?"

"진짜 내일은 안 돼요. 마를린 양과 데이트가 있단 말입니다!"

"……."

'도대체 이 새끼 머리에는 뭐가 들었지?'

가르시아가 도시를 인계받을 때 레비온 자작을 대할 때의 포스는 아직도 잊히지 않을 지경이었다.

웃고 있던 얼굴이 가면이었던 것처럼, 어마어마한 기세로 도시 관리자들을 압박하던 가르시아.

당시에는 굳이 오펀스가 나설 필요도 없었다.

하지만 지금 보이는 가르시아의 모습은 바람둥이 그 자체였다.

푸드드득!

그들이 실랑이를 벌이고 있을 때, 전서구가 도착했다.

가르시아는 얄미울 정도로 잘생긴 얼굴로 환한 미소를 지으며 쪽지를 팔랑거렸다.

"잭팟!"

두두두두!
한 떼의 인마가 어둠을 뚫고 요란한 소리를 냈다.
가르시아를 필두로 한 페로우 영지군이었다.
그는 어느 숲 입구에 멈추었다.
"여기서 매복합시다."
"허어, 강도들이 이곳을 지나간다고 어찌 장담하시오?"
"포이온 마을에서 레비온 본성으로 향하는 길은 이곳이 유일하기 때문이죠."
"그건 어떻게 알아냈소?"
"길잡이를 고용해서 물어봤습니다."
"그, 그렇군."
오펀스는 이제 도저히 모르겠다는 표정을 지어 보였다.
가르시아 경은 한없이 풀어져 보이다가도, 이런 때 보면 기사 작위는 도박으로 딴 것이 결코 아닌 것 같았기 때문이다.
잠시 후.
저 멀리서 수레들이 요란한 소리를 내며 이동하고 있었다.
해가 뜨기 직전이라 피곤할 법도 하였지만, 오펀스의 심장은 거칠게 뛰기 시작했다.
'놀라운 일이군! 진짜 나타났잖아?'
금괴를 잔뜩 싣고 이동하는 수레들.

무려 마차 3대 분량이었다.

가르시아가 손을 들자 영지군이 활시위를 당겼다.

꽈드드득!

팽팽하게 당겨지는 활시위.

손을 놓기만 하면 사정없이 화살이 날아갈 것이다.

곧 사람의 목소리도 충분히 식별할 거리가 됐다.

"어서 움직여라! 금괴 하나라도 떨어뜨려서는 안 된다! 그 순간 우리는 다 죽은 목숨이 되는 것이야!"

"예!"

수레들이 숲 입구에 들어선 순간, 가르시아의 손이 아래로 내려갔다.

"발사!"

활촉에 월광이 번뜩였다.

수레를 호위하는 자들의 숫자는 기껏해야 열 명 남짓.

단체로 움직이면 눈에 띄었기에 숫자를 최대한 줄여 이동한 모양이었다. 그리고 그것은 놈들의 심각한 실책이 되었다.

눈이 달리지 않는 화살은 순식간에 적들을 쓸어 나갔다.

퍼버버벅!

"끄악!"

"끄아아악!"

단말마의 비명 소리가 울려 퍼지며 적 호위 병력들이 죽어 자빠졌다.

우왕좌왕하는 적들의 귀로 가르시아 경의 목소리가 울려 퍼지고 있었다.

"너희들은 포위되었다! 살고 싶다면 무기를 내리고 무릎을 꿇어라. 3초 안에 무기를 버리지 않는다면 적으로 규정하고 죽일 것이야."

쨍그랑!

가르시아의 목소리가 떨어지기 무섭게 적들이 무기를 내려놓았다.

적들의 입장에서는 이쪽에서 얼마나 군을 동원했는지 알 수 없었다.

포위가 된 것도 맞았으니 살고 싶다면 지체 없이 무기를 버리는 것이 그나마 살길이었다.

그저 뱅커스 준남작의 목소리만 사방으로 메아리쳤다.

"이런 비겁한 자식들! 어서 일어나 무기를 들어라! 레비온 자작님을 배신할 셈이냐!"

"준남작님이나 끝까지 싸우십시오. 우리들은 구차한 삶이라도 이어 가겠습니다."

사르륵!

영지군이 튀어 나가며 뱅커스 준남작을 둘러쌌다.

그 사이로 가르시아가 휘적휘적 걸어 나왔다.

"허억!"

뱅커스 준남작은 눈알이 튀어나올 정도로 놀랐다.
가르시아가 그에게 경고했던 게 불과 하루도 지나지 않았기 때문이다.
"간이 배 밖으로 나온 놈이군? 내 분명 말했을 텐데. 이런 짓을 벌이면 사지가 찢길 것이라고. 장난인 줄 알았더냐!"
서슬 퍼런 목소리에 왕실 기사인 오펀스의 심장이 다 떨릴 지경이었다.
'하……. 가르시아, 이 인간. 도대체 정체가 뭐야?'

다음 날 아침.
제론은 일찍 일어나기 위해 애썼지만 도저히 그럴 수가 없었다.
이틀 연속으로 과음을 했더니 아무리 젊은 육체를 가졌다고 해도 무리가 갔던 것이다.
이러다가는 오전 내내 술병으로 고생할 것이 뻔했다.
그는 지끈거리는 머리를 부여잡으며 정좌했다.
충만한 마나가 온몸을 휘감기 시작하자 서서히 숙취가 물러났다.
역시 술을 깨는데 마나 심법만 한 것이 없었다.
제론은 기왕 정좌를 한 김에 잠시 앞으로의 일에 대해 생각해 봤다.
'곧 추수를 하겠지만 레비온 자작의 본성을 빼앗지 못한

이상, 식량 부족이 일어날 수밖에 없다.'

오늘 안으로 두 개의 도시와 여러 마을들의 인수 절차가 마무리될 것이다.

그렇게 되면 식량을 더 수입해서 쌓아 놓아야 한다.

새롭게 페로우 영지에 편입된 땅의 백성들은 올해 세금을 면제하는 것도 고려될 수 있었다.

다만, 그런 강도 높은 민심 안정책이 시행되려면 레비온 자작이 숨겨 놓은 비밀 창고라도 털어야 가능할 것이다.

영토와 인구가 늘어났으니 특산품 생산에도 박차를 가해야 하는데, 지금으로서는 빈약한 것이 사실이다.

'이제 유진 산업을 털 수 있지 않을까?'

지구의 약탈자들은 변이체를 도시에서 끌어내기 위해 안간힘을 쓰고 있었다.

변이체들이 도심에서 많이 빠져나갔다면 유진 산업으로 향하는 것도 나쁜 선택지는 아니다.

운이 좋다면 강씨에게 도움을 주었다는 노인을 만날 수도 있는 노릇이었고.

다만 도심에 진입하려면 어떻게든 2서클에 올라야 한다.

이미 제론의 몸에는 막대한 마나가 내재되어 있었다.

이 시점에서 서클을 쪼갠다고 해도 몸에 무리가 가는 건 아니었다.

'지구로 넘어가면 서클부터 쪼개 봐야겠어. 이제 트리플

캐스팅이 가능해졌으니.'

제론은 조용히 계획을 세워 나갔다.

똑똑.

노크 소리가 들리자 제론은 명상에서 깨어났다.

"들어와."

레일라 경이었다.

그녀의 얼굴은 오늘따라 살짝 들떠 보였다.

평소 표정 없기로 유명한 레일라 경이 이 정도 감정을 보였다는 것은 굉장히 기쁜 일이 생겼다는 의미였다.

"영주님, 어제 새벽에 가르시아 경이 뱅커스 준남작을 현행범으로 체포했다고 합니다."

"파레안의 관리자 말인가?"

"예, 금괴를 대량으로 반출하다 덜미가 잡혔습니다."

"오호, 그래? 처분은?"

"가르시아 경 독단으로 처리할 수가 없어 놈을 이쪽으로 끌고 오는 중입니다."

제론은 말끔한 얼굴로 자리에서 일어났다.

숙취가 완전히 가셔 몸이 날아갈 것처럼 가벼웠다.

"재미있는 구경거리가 되겠어. 빨리 가 보자고."

웅성웅성!

페로우 영지 광장.

본성 앞에 넓게 조성된 이곳은 항상 처형의 장소로 애용되어 왔다.
 오늘은 단두대가 설치되지 않았으므로 처형이 일어나는 것은 아니었고, 죄인이 끌려와 심문을 받고 그 형을 공개적으로 선고받게 될 것이다.
 하루 일과를 이어 나가던 영지민들은 재미있는 구경거리가 생길 것 같자 대거 모여들기 시작했다.
 영지를 가로지르며 가르시아 경이 죄인을 말에 묶어 질질 끌고 오고 있었다.
 굉장히 비장한 광경이었으나 그걸 가르시아가 주도하니, 그림이 좀 이상했다.
 놈이 지나갈 때마다 영지의 처녀들이 심장을 부여잡았다. 그러자 더욱 콧대가 올라가는 가르시아.
 "저 자식은 여자 문제만 아니면 정말 완벽한 기사인데 말이야."
 "……제가 교육을 시킬까요?"
 "통하겠어?"
 "몇 번 제가 주의를 주었으나 통하지 않더군요. 한 번 더 교육을 시키겠습니다."
 "됐다. 영지 처녀들이 좋아서 죽으려고 하는데 뭘. 뭔가 죄를 저질렀을 때 밟아 놔라."
 "예, 영주님."

이렇게 가르시아의 운명(?)이 결정됐다.

그걸 아는지 모르는지 가르시아 경은 제론의 앞에 도착하여 쩌렁쩌렁하게 외쳤다.

"영주님의 명을 받들어 대량의 재산을 우리 영지에서 빼돌리려 하는 몹쓸 강도를 잡아 왔습니다!"

"가르시아 경, 고생 많았다. 녀석의 재갈을 풀도록."

"예!"

가르시아는 뱅커스의 입에 물린 손수건을 거칠게 뜯어 버렸다.

"푸하! 살려 주십시오, 남작님!"

"말은 똑바로 하자. 나 이제 자작이다."

"자, 자작님! 정말 죽을죄를 지었습니다! 부디 목숨만큼은!"

"무슨 죄를 지었는지는 알고 있고?"

"예, 예! 물론입니다!"

"배후도 자백할 수 있겠나?"

"그것은······."

당연히 뱅커스는 망설였다.

여기서 레비온을 고발하면 그 즉시 뱅커스의 가족들은 사살될 것이다.

제론의 머릿속으로 어떤 식으로 뱅커스를 이용할지 정해졌다.

"저 녀석을 감옥에 처넣고 가차 없이 고문하라! 배후를 밝혀 낼 때까지 절대 멈추지 말도록!"

"예!"

제론은 선처를 호소하며 질질 끌려가는 뱅커스의 뒷모습을 보고 중얼거렸다.

"이거 잘하면 레비온 가문을 통째로 먹어 버릴 수도 있겠는데?"

제론은 렌카이 백작과 함께 늦은 아침을 먹었다.

오늘은 분명 기쁜 날이었다.

가르시아 경이 영지의 강도를 잡아 왔고, 그 강도가 빼돌리려고 했던 금괴는 모조리 환수할 수 있었다.

어디 그뿐이랴.

뱅커스를 이용 레비온을 압박해 더 많은 것을 얻어 낼 수 있었기에 기쁘기 한량없었지만, 렌카이 백작을 보니 겨우 몰아낸 술기운이 다시 올라오는 것 같은 착각마저 들었다.

제론이 술을 아무리 좋아해도 3일 연속으로 필름이 끊어질 정도로 마신다는 것은 불가능한 일이다.

오늘도 백작이 음주 가무를 펼치자고 한다면?

하급 귀족인 제론은 어쩔 수 없이 렌카이 백작과 어울려 주어야만 한다.

"마음 같아서는 한 달 내내 이곳에서 지내며 동생과 친분을 다지고 싶지만, 오늘 정오에는 올라가 보려 하네. 정말 안타까운 일이야."

"이런! 소제도 형님과 같은 마음입니다. 지난 이틀 동안 형님과 함께했던 시간은 그 무엇으로도 바꿀 수가 없지요!"

"으하하! 역시 자네는 이 우형의 마음을 알아준다니깐?"

제론은 말끔하게 끓인 스프를 마시며 가슴을 쓸어내렸다.

오늘도 백작과 술을 마신다면 위가 다 녹아 버릴 터였다.

제론의 속은 이제야 달래지고 있었는데, 백작은 연신 아쉽다는 듯이 입맛을 다셨다. 이러다가는 하루 더 묵는다고 할까 싶어 제론은 축객령 아닌 축객령을 내렸다.

"형님이 타고 가실 마차를 조금 보수해 보았습니다."

"응? 마차를 보수해?"

"머지않아 신형 마차를 판매할 계획이거든요. 마차는 훌륭한 이동 수단이지만, 오랫동안 타다 보면 온몸의 뼈가 비명을 지르지 않겠습니까?"

"그렇지?"

"이번에 제가 만든 마차는 그런 충격을 조금 감소해 줄 수 있는 장치를 했습니다. 보조 장치도 간단하게 탈착이 가능하니, 쓰다가 고장 나면 제거할 수 있지요."

"오호, 자네가 만들었다니 기대가 되는군!"

백작은 생각지도 못한 선물에 기뻐했다.

그는 지금 당장이라도 마차를 타고 싶다는 듯이 엉덩이를 들썩거렸다.

이것으로 됐다.

백작은 마차를 빨리 타기 위해서라도 하루 더 영지에서 머문다는 말은 하지 않을 것이다.

식사가 끝난 후 바이올렛이 차를 두 잔 가지고 왔다.

"그나저나. 아까 오다가 들었네만, 역시 레비온 그 작자가 금괴를 털어 가려 했다면서?"

"정확하게 말하면 레비온 자작의 가신 중 하나가 금괴를 가져가려 했습니다. 다행히도 미리 사람을 보내 체포해 올 수 있었지요."

"그게 무슨 뜻이겠나? 배후에 자작이 있다는 뜻이지."

"입을 열지 모르겠습니다."

"고문으로 안 되는 것은 없다네. 입을 열게 만들어 자백을 받게. 자백서만 있다면 내가 흠차대신의 권한으로 레비온 영지의 본성을 자네에게 양도하도록 만들겠네."

"……!"

제론은 깜짝 놀랐다.

레비온 가문을 통째로 먹을 수 있을지도 모른다는 생각은 했지만, 그걸 렌카이 백작이 도와준다고 말할 줄은 몰랐기 때문이다.

"그, 그렇게까지 도와주신다니."

"신의는 신의로 보답하는 것이 우리들 세계 아니겠는가? 이 우형에게 신형 마차까지 선물을 해 준다는데 이 정도는 해야지."

"가, 감사합니다."

역시 렌카이 백작은 대귀족이었다.

국왕을 대리한다는 것은 그만큼 막강한 힘을 쥐었다는 것을 의미했는데, 그걸 어떤 식으로 휘둘러야 할지도 잘 알고 있었다.

이런 귀족과 척을 지지 않고 친분을 다지게 되었으니 천운이다.

"정오까지 가능하겠나?"

"가능합니다! 반드시 가능하게 만들겠습니다!"

"허허허, 그럼 나는 서류를 꾸미고 있겠네."

"예!"

제론은 잽싸게 대답했다.

수도에서의 일정 때문에 오늘 출발해야 하는 백작이었다.

뱅커스 준남작에게 자백만 받아 내면 서류는 꾸며 준다 하니, 그 이후에는 백작이 없어도 제론이 알아서 레비온 본성을 가져올 수 있었다.

식사 후에 백작은 귀빈실로 돌아갔다.

집무실로 돌아온 제론은 바로 레일라 경을 호출했다.

"찾으셨습니까?"

"우리에게 기회가 찾아온 것 같다."

"기회라고 하시면……?"

제론은 방금 백작과 나누었던 대화를 레일라 경에게 들려주었다.

그녀의 표정은 크게 변하지 않았지만, 굉장히 들떠 있는 것처럼 보였다.

레비온 가문의 땅을 모조리 삼킬 수 있다면 제론의 입지는 수직으로 상승할 것이기 때문이다.

물론 이런 식으로 레비온 가문을 멸문시킨다면 수도에서 진통이 예상된다. 하지만 북부에서는 문제가 없다.

북부의 지배자인 하네스 백작과 친분을 가지고 있었기 때문이다.

수도에서는 랭턴 공작을 비롯한 여러 귀족들이 방패가 되어 줄 것이다.

아마 레비온이 빠져나가기는 힘들 것 같았다.

놈에게는 왕명을 어겼다는 혐의가 씌워질 테니까.

국왕에게 주권이 있는 국가에서 왕명을 정면으로 어겼다면 이는 반역으로 치부될 수도 있는 문제였다.

급작스러운 계획이었지만 실현 가능성이 매우 높았다.

"……정말 엄청난 기회입니다. 반드시 정오 전에 자백을 받아 내야겠군요."

"가능하겠나?"

"제가 듣기로 이번에 큰 공을 세운 공작원 샤를렌의 고문 솜씨가 그렇게 뛰어나다고 하더군요. 마침 지금 본성 근처에서 새로운 임무를 진행하고 있는데 불러들일까요?"

"그녀는 내가 다크 문의 수장인지는 모르겠지?"

"오늘 알게 되겠군요."

제론은 잠시 생각하다가 고개를 끄덕였다.

다크 문의 간부가 되려면 수장의 얼굴은 알아야 한다.

"한 가지 문제라면 그녀의 얼굴이 팔리게 된다는 건데. 어차피 간부가 얼굴을 직접 드러낼 일은 많지 않지. 혹시 그녀의 얼굴이 외부로 유출되면 우리 정보부에서 써도 되고."

페로우 영지 본성.

샤를렌은 오늘 새벽, 상부로부터 새로운 명령을 받았다.

레비온 자작 측에서 공작원을 파견하여 뱅커스 준남작을 빼 갈 수도 있으니 잘 감시하라고 말이다.

그녀는 기꺼이 명령을 받아들였다.

감옥은 영주성 지하에 있었고, 철통같이 경비되고 있는 중이다.

상부에서는 노파심에 이런 명령을 내린 것 같은데, 상관없었다.

이번 임무로 조금 쉬어 간다고 생각해도 된다.

안전해 보이는 지하 감옥 입구를 바라보던 샤를렌은 고개를 갸웃거렸다.

'조금 이상하긴 해.'

그녀는 도대체 다크 문과 페로우 가문이 무슨 연관이 있는지 추론하고 있었다.

금괴를 가져가는 놈들을 발견했을 때만 해도 다크 문 주력 부대가 파견되어 탈취할 줄 알았다.

그런데 뜬금없이 페로우 가문의 가병들이 나타나 그들을 쓸어버리고 주동자인 뱅커스를 붙잡아 간 것이다.

금괴 역시 페로우 영주의 손에 들어갔고.

그녀가 생각에 잠겨 있을 때, 누군가가 어깨를 두드렸다.

"헉!"

"뭘 그리 놀라나?"

"에, 에바 님!?"

"조용하게. 우리가 이곳에서 감시하고 있다는 사실을 광고라도 할 셈인가?"

"죄, 죄송합니다."

그녀는 자신이 실책을 했다는 사실을 깨달았다.

'역시 에반 님이야.'

에반이 어깨를 두드리기 전까지만 해도 인기척이 없었다. 갑자기 에반이 이렇게 나타났다는 것은 에반의 은신술이 상상을 초월한다는 뜻이었다.

"이번 임무는 취소다. 내 뒤를 따르라."

"다른 임무가 있는 건가요?"

"다크 문 수장님을 만나 뵈러 갈 것이야."

제론의 집무실 비밀 통로를 통하여 레일라 경, 에반, 샤를렌이 들어왔다.

"오랜만이군, 에반."

"수장님을 뵙습니다!"

에반이 한쪽 무릎을 꿇고 머리를 조아리자, 샤를렌도 놀라면서 예를 표했다.

샤를렌 정도의 공작원이라면 지금 상황이 어떻게 돌아가고 있는지 정확하게 인지하였을 것이다.

제론이 길게 설명할 필요는 없을 것 같았다.

"그대가 샤를렌인가?"

"네! 수장님을 뵙습니다!"

"기분이 어떤가? 다크 문의 수장이 나라는 것을 알았을 텐데."

"다크 문은 저희들에게 무한한 은혜를 베풀어 주셨습니다. 수장님의 정체를 알게 됐다고 해서 충성심이 꺾이지는 않을 거예요."

제론은 에반과 레일라 경을 번갈아 봤다.

그들은 작게 고개를 끄덕였다.

샤를렌의 충성심 검증이 끝났다는 뜻이다.

"듣자 하니 그대의 고문술이 경지에 이르렀다는데, 어떤가? 뱅커스를 고문하여 자백을 받아 낼 수 있겠나?"

"상황을 알려 주신다면 무조건 입을 열게 만들겠습니다!"

"상황은 레일라 경에게 듣도록. 자백을 받아 내는데 성공한다면 그대가 다크 문의 간부가 될지, 영지 정보부에서 활동할지 선택지를 주겠다."

"감사합니다!"

영지 지하 감옥.

뱅커스 준남작은 쇠사슬에 묶인 채로 벽에 매달려 있었다.

벌써부터 쇳독이 올라오는 느낌이 들었다.

반나절 정도 잡혀 있었지만 극도의 스트레스 때문에 얼굴이 창백하게 질렸다.

달칵. 달칵.

이제부터는 고문을 시도하려는 모양인지 여러 가지 전문 도구(?)들이 가지런하게 정리되고 있었다.

칼과 송곳, 인두는 물론이고 각양각색의 집게까지.

뱅커스 준남작도 저것들이 어디에 쓰는지는 잘 알고 있었다.

잠시 후, 꽤나 아름다운 외모를 가진 백금발의 여성이 감옥으로 들어왔다.

그녀는 검은 옷을 입고 있었으며 머리칼은 뒤로 질끈 묶었다.

감옥에서 미녀를 보니 심신이 조금 안정되는 느낌이 들었다.

그러나 그것도 잠시, 그녀가 내뱉는 한마디에 눈을 부릅떴다.

"거세 도구는?"

"거세…… 도구요?"

"준비하지 못했나?"

"죄, 죄송합니다. 거세는 최후의 수단으로 사용하는 것이 아니었습니까?"

"시간이 없으니 일단 자르고(?) 시작한다."

"……!"

뱅커스 준남작은 비명을 지르려 하였지만 목소리가 메어 나오지 않았다.

'이런 미친 인간들! 뭐? 거세부터 하고 시작해!?'

어떻게 된 여자가 남성의 소중한 부위를 잘라 버리겠다

는 이야기를 저렇게 서슴없이 한다는 말인가?

뱅커스 준남작의 온몸이 덜덜 떨리기 시작했다.

이제야 방금 들어온 미녀가 마녀로 보였다.

이 악독한 마녀는 간수에게 호통을 쳤다.

"당장 가축 거세 전문가를 불러와라!"

"예!"

저벅. 저벅.

마녀가 다가왔다.

그녀가 가까워 오자 뱅커스는 온몸을 뒤틀어 댔다.

철컥.

마녀는 녹이 심하게 피어 있는 단검을 손에 쥐었다.

저런 것에 베었다가는 쇳독이 올라 살아도 산목숨이 아닐 것이다.

"그냥 잘라 버릴까? 아랫도리에 쇳독이 퍼져 죽으면 꽤 고통스러울 거야."

"으아! 저리 가! 저리 가!"

까드드득!

그녀는 단검으로 벽을 긁어 댔다.

뱅커스의 온몸에 소름이 쫙 돋으며 미칠 것 같은 압박감이 들었다.

마녀는 단검을 한번 손으로 튕긴 후에 말했다.

"마지막 기회를 줄게. 단 한번이야. 나는 인내심 많은 편이 아니라서."

"무, 무, 무엇을 원하십니까!"

"감히 페로우 영지의 사유 재산을 강탈하려 한 자가 레비온 자작이라는 것. 여기까지만 말을 하면 돼."

"하지만!"

"응, 싫으면 말아."

카르릉!

그녀의 단검이 벽에 부딪쳐 불꽃을 튀겼다. 그러고는 몇 번 뱅커스의 소중이(?)를 자르는 연습을 했다.

마치 수도 없이 많은 소중이가 자신의 손에 잘렸다는 듯 손속에 거침이 없었다.

"거세 전문가도 불렀으니 지혈 정도는 할 수 있을 거야. 혹시 알아? 운이 좋으면 살 수 있을지도."

"으아아! 이 잔인한 년!"

뱅커스의 온몸이 사정없이 뒤틀렸다.

거세 전문가를 부른 것이 그런 의미였다니!

그녀는 마치 흘리듯이 말했다.

"어차피 자백서가 완성되는 순간, 군대가 파견되어 레비온 자작을 잡아 올 텐데, 뭘 그리 두려워하는 것인지 모르겠네. 소중이에게 작별 인사는 되었니?"

잔인하게 웃는 마녀.

뒤에서 간수의 목소리가 들려왔다.

"가축 거세 전문가를 데려왔습니다!"

"좋아! 그럼 시작해 보자고. 즐.겁.게. 말이야?"

미친 듯이 몸을 떨어 대던 뱅커스 준남작은 감옥이 떠나갈 듯이 소리를 질렀다.

"자백! 자백하겠습니다! 이 모든 일은 레비온 자작이 꾸민 일입니다! 그 인간은 국왕 폐하의 명령에 전혀 동의할 생각이 없었습니다!"

마녀는 씩 웃었다.

일렁거리는 횃불에 비춰지는 악마의 형상.

그 기괴한 광경에 뱅커스 준남작은 결국 오줌을 지리고 말았다.

"진즉에 그렇게 나왔어야지?"

뱅커스는 진정한 악마를 보았다.

제11장
레비온 자작의 몰락

제론은 테라스에서 불어오는 시원한 바람을 맞으며 지하 감옥에서 소식이 들어오기만을 기다리고 있었다.
 일을 해보려 했지만 손에 잡히지 않았다.
 앞으로 몇 시간 안에 백작은 수도로 올라갈 것이고, 그 안에 뱅커스 준남작의 자백을 받아 내야 한다.
 렌카이 백작은 제론에게 호의를 베풀어 레비온 자작의 수작을 왕명에 대한 도전으로 포장하는 작업을 했다.
 계약을 중요하게 생각하는 이 시대 귀족들의 특성상 계약 위반은 중죄로 취급되었다. 특히 국왕의 이름이 들어가서 엮이는 경우라면 반역자로 지정할 수 있는 것이다.
 이것이 가능하기 위해서는 반드시 뱅커스 준남작의 자백서가 필요했다.

증인은 이미 충분한 상태였다.

증언이 필요하다면 왕실 기사들이 해 줄 것이다.

문제는 시간이었다.

"권력을 이용하는 제한 시간이라."

렌카이 백작이 이 정도까지 권력을 가진 것은 국왕이 그를 흠차대신으로 임명했기 때문이다.

왕의 사자인 흠차대신은 몇 가지 권한을 함께 가지고 명령을 수행한다.

목적지에 칙서를 전달하는 것은 물론이고, 국왕의 명령에 관련된 일에는 어느 정도 자율권이 주어지는 것이다.

이 권한은 렌카이 백작이 수도로 올라가기 전까지에 한하며, 그가 돌아가 버리면 제론이 레비온 자작의 본성을 먹을 수 있는 기회를 놓치게 된다.

성공의 여부는 샤를렌이 얼마나 빨리 자백을 받아 내느냐에 따라 달렸다.

"환생 후에 이렇게 쫄려 보기는 처음인데."

벌컥!

제론이 긴장감에 빠져 있을 때, 집무실의 문이 열리며 수려한 백금발을 가진 여인이 들어왔다.

다크 문의 공작원 샤를렌이었다.

"주군! 자백서를 받았어요!"

"수결은 했나!?"

"네! 여기 있습니다!"

"호오."

핏자국 하나 묻어 있지 않은 자백서였다.

제론은 몸 깊은 곳에서부터 올라오는 쾌감에 몸을 떨었다.

도박 중독자들이 이런 도파민 때문에 도박을 끊을 수가 없다던가.

실로 짜릿한 감각.

제론은 단숨에 자백서를 읽어 내려갔다.

저는 레비온 자작의 가신이자, 파레안의 시장은 뱅커스 라비우스 준남작입니다.

왕명으로 진행된 영지전에서 패배한 레비온 자작은 파레안과 벨타인의 영토, 인구, 재산에 대한 권리를 포기해야 했으나 계약을 위반했습니다.

저는 레비온 자작의 명령에 따라 파레안의 자산을 빼돌리려 움직이다 현장에서 체포되었으며, 이 모든 일들은 레비온 자작의 역심으로 인하여 발생한 일임을 분명히 밝힙니다.

제 가족들이 레비온 자작가에 감금된 상태에서 협박을 받은 것이니, 이 점을 고려하여 선처해 주신다면 왕국과 폐하를 위해 일평생을 살아가겠습니다.

"됐군! 굉장히 구체적으로 작성되어 있어! 이만하면 레비온 자작도 빠져나갈 구석이 없을 거야."

"성공인가요?"

"물론이지. 정말 고생 많았다!"

제론은 너무 기쁜 나머지 샤를렌의 손을 붙잡고 흔들었다.

얼굴을 붉히며 굉장히 황송해하는 그녀.

제론은 곧바로 레일라 경을 불러들였다.

"영주님, 찾으셨습니까?"

"레일라 경, 샤를렌에게 선택권을 주도록. 다크 문의 간부가 될 것인지, 영지 정보부 간부가 될 것인지 말이야."

"……!"

샤를렌의 몸이 떨렸다.

다크 문의 간부는 어둠 속에서 활동하겠지만, 영지 정보부 간부가 되면 가신으로 발탁하는 것이기 때문이다.

그녀가 주체하지 못하는 흥분을 경험하고 있을 때, 제론은 문서를 들고 바로 귀빈실을 찾았다.

정오까지 한 시간 정도 남은 시각.

제론은 이제 막 레비온의 체포 명령서를 작성한 렌카이 백작에게 다가갔다.

"형님! 자백을 받았습니다!"

"벌써 말인가. 굉장히 빠른데?"

잠시 쉬고 있던 렌카이 백작은 깜짝 놀란 표정이었다.

고문을 해서 자백을 받아 내려면 최소한 하루는 걸릴 것이라고 생각했는데, 이렇게 빨리 성공할 줄은 예상치 못했던 것이다.

렌카이 백작은 자백서의 내용을 확인했다.

절로 고개가 끄덕여지는 디테일이었기에, 이만하면 증거로서의 가치는 충분하다고 볼 수 있었다.

"틀림없군. 뱅커스 준남작이 어찌하여 범행을 할 수밖에 없었는지, 레비온 자작이 폐하께서 중재하신 계약을 위반했다는 내용까지 정확히 기재되어 있어. 이 정도면 놈을 반역도로 몰아가도 이상할 것이 없지."

"모든 것이 형님의 덕분입니다."

"이게 어찌 내 덕인가? 자네의 능력이지."

엄연하게는 샤를렌의 능력이었지만, 그런 사람을 기용하여 쓰는 것도 영주의 능력이었다.

렌카이 백작은 시간이 좀 남았기에 제론에게 몇 가지 사안을 당부했다.

"본성은 임시 통치의 형태로 가야 하네. 본성으로 쳐들어갈 때, 왕실 기사를 대동하면 함부로 움직이지 못할 거야. 그럼에도 불구하고 덤빈다면 즉결 참수하게. 그리고 중앙에서 명령이 내려올 때까지 대리 통치를 하면 돼. 내가 돌아가는 즉시 힘을 써서 레비온 본성도 자네의 영지로 정식 배속되도록 만들겠지만, 혹시 그러지 못할 경우를 대비해 본성의 재산을 전부 가져오도록 하게."

"말씀대로 하겠습니다!"

제론의 심장이 뛰었다.

'뇌물을 뿌려 댄 것이 이렇게까지 큰 힘이 되어 돌아올 줄이야.'

이것이 바로 인맥의 힘이었다.

귀족 세계는 인맥이 전부라고 예전부터 듣고 살았지만, 막상 이렇게까지 일이 잘 풀리자 지금까지의 투자가 전혀 아깝지 않았다.

이번 안건이 중앙으로 올라가면 왕세자파와 4왕자파에서는 제론을 지지해 줄 것이다.

그들이 지금까지 받아 온 뇌물이 있었기에 반박할 이유가 없다.

2왕자파는 어떻게 반응할까?

반박이야 좀 나오겠지만 국왕이 제론의 편에 선다면 그들 역시 레비온 자작을 손절할 것이다.

왕명을 어겼다는 것은 그만큼 큰 죄였다.

국왕의 반응에 따라 조금 엇갈릴 수도 있지만, 명화를 두 점이나 받아 처먹은 국왕이 입을 싹 닦을 가능성은 적었다.

혹여 자백을 받지 못할까 걱정했던 렌카이 백작의 표정

도 환해졌다.

"그럼 이제 걱정 말고 떠나도 되겠군!"

"형님! 정말 고생 많으셨습니다. 여기부터는 제가 모시겠습니다!"

영주성 앞에는 왕실 근위병들과 백작의 가병들이 준비를 마치고 기다리는 중이었다.

마차는 아직 도착하지 않았다.

보다 극적인 효과를 위해 백작이 떠나기 직전에 마부가 마차를 몰고 오기로 했다.

"동생! 이만 가 보겠네."

"잠시만 기다리십시오! 약속대로 개조된 마차를 가져오겠습니다."

"뭘 그렇게까지. 정말 괜찮은데."

입으로는 그렇게 말하는 렌카이 백작도 속으로는 매우 기대하고 있었다.

백작은 최대한 평정심을 유지했지만 제론의 눈에는 어린아이처럼 기뻐하고 있는 속내가 다 보였다.

제론이 손짓을 하자 1분도 채 되지 않아 팔두 마차가 영주성 안으로 진입하였다.

순식간에 모아지는 시선.

유려한 마차의 차체는 고급 목재에 얇은 강철판을 씌워

방어력을 극도로 높였다.

외부에는 은빛 늑대가 도금되어 있었는데, 한눈에 보아도 그 솜씨가 예사롭지 않았다.

"허어! 정말 아름답구나!"

"마음에 드십니까?"

"암, 마음에 들다마다."

백작은 뭔가에 홀린 사람처럼 다가가 마차를 손으로 쓸어내렸다.

현대인의 시각을 가지고 있는 제론조차 감탄이 나올 지경이었으니, 이 시대 사람들의 눈에는 충격 그 자체일 것이다.

차체는 단순한 사각형 큐브 디자인이 아니라 지구의 구형 자동차와 비슷한 디자인이었다.

타이어가 적용된 것은 아니었지만, 쇼바를 적용한 것만 해도 예전에 비해 몇 배는 편할 것이다.

달칵.

백작의 손에 마차의 문이 부드럽게 열렸다.

마차 실내에는 좌석은 물론, 간이 침상까지 있었다.

침상 위에는 매트리스 하나가 깔려 있다.

'설마 라텍스 침대인가?'

일명 메모리폼으로 불리는 물건이다.

파밍한 물건 중에 들어 있던 새 제품으로, 마차를 만드는데 강씨가 아낌없이 투자한 것으로 보였다.

천장은 가죽으로 덮여 있었으니 화려함의 절정이었다.

"허어! 이건 선물로 받기에 과한데?"

"그런 말씀 마시죠. 형님께서 해 주신 일에 비하면 아무것도 아닙니다. 그저 편하게 여행을 하셨으면 하는 바람에 이 아우가 준비한 것이니 거절하지 마십시오."

"동생의 뜻이 그렇다면 염치 불고하고 받겠네! 혹시 이 우형의 도움이 필요하다면 언제라도 편지를 보내게! 수도에 올라오면 찾아오는 것도 잊지 말고."

"예, 형님!"

백작은 연신 고맙다고 제론에게 인사를 한 후, 마차에 올랐다.

마부가 채찍을 치자 마차가 부드럽게 움직였다.

확실히 제론이 보기에도 이 세상의 것이 아닌 듯한 움직임이었다.

백작은 마지막까지 창문을 향해 손을 흔들었다.

지금 이 순간만큼은 제론도 백작을 형님이 아닌 흠차대신을 보내는 예우로 대했다.

두두두두두!

백작이 떠났으니 제론도 움직일 때였다.

"병력을 모아라! 즉시 반역자를 토벌한다!"

"예!"

페로우 평야로 은빛 늑대 한 마리가 질주하고 있었다.

실제로 늑대가 달리는 것은 아니었지만, 멀리서 보면 그렇게 보였다.

도금이 햇빛에 반짝거렸으며, 강철로 덧대진 철판에서도 은은하게 빛을 반사하며 유려함을 만들어 냈다.

마차 안에 타고 있는 렌카이 백작은 부드럽게 이어지는 승차감에 만족했다.

"실로 대단한 마차로군! 이걸 출시한다니. 출시를 한다면 그 즉시 가문에서 몇 대 주문을 넣어야겠어."

도대체 무슨 원리인지는 알 수 없었다.

마차의 진동을 뭔가가 잡아 주고 있었는데, 덜컹거림은 있었지만 온몸의 뼈가 아프지는 않았다.

이 시대에 이 정도 기술이 적용된 것만 해도 실로 엄청난 일이었다.

"백작님."

"응?"

어린아이처럼 좋아하는 백작에게 부관이 걱정스럽게 물었다.

"페로우 자작에게 너무 퍼 준 것이 아닙니까?"

"너무 퍼 주다니? 이만하면 등가 교환을 넘어 내가 이익을 봤다고 생각되는데."

"순식간에 성장하지 않았습니까. 그에 비하면 물건 따위야."

"이보게. 물건뿐만이 아니라 나는 뛰어난 귀족을 가문의 편으로 끌어들인 것이야. 페로우 자작이 대전쟁에서 공을 세우고 백작이 된다면 내가 손해이겠나?"

"그건 아니지요?"

"바로 그걸세. 내가 보기에 페로우 자작은 여기서 성장을 끝낼 사람이 아닐세."

렌카이 백작은 딱히 제론 페로우가 이익을 봤다고 생각하지는 않았다.

유물급의 물건들을 이만큼이나 받아 냈으니 등가 교환 이상의 가성비라 보아도 무방했다.

또한 꼭 선물이 아니더라도 제론 페로우의 실력이 뛰어난 것 같았으니, 미래를 위한 투자라고 보아도 됐다.

페로우 영지 성벽 밖으로 대규모 병력이 모여들었다.

영지를 방어하는 최소 인원을 제외하고 전 병력이 동원됐는데, 그 숫자가 물경 1천에 이르렀다.

훈련에 매진하고 있던 신병까지 모조리 동원했을 정도였으니, 이번 일을 제론이 얼마나 중요하게 생각하는지 알 수 있었다.

무려 레비온 자작령을 통째로 삼킬 수 있는 기회.

어렵게(?) 만들어 낸 기회를 놓칠 수 없었으니, 레비온 자작이 반응하기 전에 빠르게 진군하여 체포해야 한다.

사열한 병력의 선두에는 왕실 기사들도 함께하고 있었다.

백작이 방패로 쓰라며 남겨 둔 자들이었는데, 만약 레비온 자작이 공격한다면 그것은 삼족이 멸해지는 엄청난 형벌이 가해진다.

제론은 딱히 전투가 벌어질 것이라 여기지는 않았지만, 그래도 혹시 모르는 일이라 전 병력을 동원했던 것이다.

연단에 올라선 제론의 목소리가 우렁차게 울려 퍼졌다.

"감히 레비온 자작은 국왕 폐하께서 주관하신 계약을 어겼다! 이는 역심이 분명한 바, 레비온 자작을 역도로 규정하고 토벌한다. 출병하라, 국왕 폐하를 위하여!"

"국왕 폐하를 위하여!"

대전쟁에서 나올 법한 구호가 병사들에게서 흘러나왔다.

영지 내에서는 왕국의 반역자(?)를 토벌한다는 명분이 곳곳에 내걸렸다.

레비온 자작은 하루 종일 본성 집무실에서 벗어나지 못했다.

불안감이 밀려들어 도저히 잠을 이룰 수 없었기 때문이다.

그의 책상 위에는 손톱을 물어뜯은 자국들이 가득했다.

"바리안 경! 여전히 소식이 없나!"

"그게……. 페로우 영지에서는 아무런 연락도 없사옵니다."

"도대체 어찌 된 일이지? 설마 뱅커스 이 작자가 자백이라도 한 것은 아니겠지?"

"……현실적으로는 불가능하다고 사료됩니다."

"그래, 사람 새끼라면 가족들을 사지로 몰아넣지는 않을 터. 감시는 잘 하고 있나?"

"철저하게 감시하고 있습니다."

바리안 경이 썩 내키지 않는다는 표정으로 보고했다.

애초에 각 도시의 금괴를 본성으로 옮겨 오라고 지시한 사람이 레비온 자작이었다.

이런 명령을 내렸을 때에는 실패할 가능성도 예상했어야 한다.

그러나 오직 금괴를 옮기는 과정에서 체포당한 뱅커스 준남작만 욕하고 있었으니, 바리안 경은 기가 막혔다.

살아온 자들의 말에 의하면 뱅커스 준남작이 체포되었다니 좋은 상황이 아니긴 했다.

왕실 기사까지 동원됐다면 보통 심각한 사안이 아니다.

하지만 그렇다고 레비온 자작의 명령은 옳지 않았다.

'영주라는 사람이 가신의 가족을 볼모로 잡다니. 이게 영주로서 할 짓인가?'

영지의 기사들 대부분이 회의적인 입장이었다.

아무리 레비온 가문에 충성을 맹세하였다고 해도, 수틀리면 자신들도 버려질 수 있다는 생각에 다들 몸을 사리는 중이었다.

바리안 경도 마찬가지.

잘못하면 그의 가족들도 피해를 볼 수 있었기에 무조건 레비온 자작에게 복종하는 중이었다.

"제길, 빌어먹을. 이를 어쩌면 좋지?"

자칫 반역자로 몰릴 수도 있다는 생각에 레비온 자작은 하루 종일 아무것도 먹지 못했다. 과도한 불안감 때문에 식은땀만 계속 흘리고 있었다.

그런 모습을 본 바리안 경은 작게 한숨을 내쉴 뿐이었다.

"지금 뱅커스 준남작의 저택 앞은 한 개 분대가 지키고 있다고 했나?"

"그렇사옵니다."

"분대를 하나 더 보내도록! 뱅커스 그놈의 가족 중 누구도 저택에서 빠져나가지 못하게 해라!"

"명령을 전달하겠습니다!"

레비온 자작은 다시 손톱을 물어뜯기 시작했다.

이미 손끝은 다 갈라져 피가 흐르고 있었지만 도저히 멈출 수가 없었다.

페로우 영지군은 한나절을 진군하여 이번에 인수한 벨타인 외곽까지 왔다.

레비온 자작령까지는 꽤 거리가 있었기에 이쯤에서 멈추고 야영을 지시하였다.

곳곳에 막사가 깔리고 스프를 끓이는 연기가 피어올랐다.

이번 '토벌'에는 페로우 영지의 가신들도 대거 참전하였다.

가는 김에 영지 전체를 인계받는 작업을 해야 했기 때문이다.

그런 가신들의 틈에는 오늘 가신이 된 샤를렌 역시 포함되어 있었다.

자백서를 받아 낸 것만으로도 샤를렌은 큰 공을 세운 것이지만, 한 번 더 공을 인정받아 더 높은 곳에 올라가고 싶은 생각 때문이었다.

샤를렌은 모든 상황을 종합하여 한 가지 계획을 세웠고, 나름 친분이 있는 레일라 경의 막사를 찾았다.

"계세요?"

"무슨 일인가?"

레일라 경은 식사를 하는 중이었다.

이 투박한 노지에서 음식이라고는 빵과 스프가 전부였으나, 레일라는 이런 일에 익숙하다는 듯 연신 포크를 움직였다.

막사에는 투박한 침상이 하나, 갑옷 걸이 하나가 전부였다.

평소 레일라 경이 얼마나 검소하게 살아가는지 알 수 있었다.

"한 가지 상의드릴 일이 있어서 찾아왔어요."

"식사는?"

"괜찮아요."

"용건을 말하도록."

샤를렌이 생각하는 도중에도 레일라 경은 절도 있는 동작으로 빵을 입에 욱여넣었다.

이만하면 식사하는 것이 아니라 살기 위해 먹는 수준으로 보였다.

샤를렌은 자신이 세운 계획을 말했다.

"제가 공작원 몇 명만 이끌고 레비온 자작령에 침투하여 뱅커스 자작의 가족들을 구출해 오겠습니다."

"위험할 텐데?"

"그래도 필요한 일이라고 생각합니다."

"성공한다면 일이 좀 더 쉬워지긴 하겠지."

"영주님께 말씀드려 기회를 제공받을 수 있지 않을까요?"

"참으로 용기가 가상하군. 그 기회를 받을 수 있을지 말지는 주군께서 판단하실 거야."

"예."

"따르라."

레일라 경은 가볍게 무장을 하고 막사를 나섰다.

샤를렌은 가볍게 흩날리는 붉은 머리칼을 보며 그 뒤를 쫓았다.

'굉장한 사람이야.'

레일라 경은 영지 내에서도 제법 실력 있는 기사로 통했다.

전투력도 기사들 중 수위를 다투지만, 뛰어난 두뇌를 가지고 있어 제론 자작의 최측근으로 거듭났다.

성공에 목말라 있는 샤를렌에게 있어 레일라 경은 목표로 삼기에 부족함이 없는 여자였다.

연신 감탄하다 보니 지휘부 막사에 도착했다.

이곳에서는 제론 자작 역시 간단하게 식사하는 중이었다.

영주의 식단 역시 병사들과 다를 바 없어 보였다.

세콘 페로우는 윗물이 맑아야 아랫물이 맑다는 사실을 몸소 보여 주고 있었다.

"샤를렌 경, 어쩐 일인가?"

"경……이요?"

"가신이 되었으니 경이지."

"다, 다름이 아니라 제가 레비온 자작령으로 침투하여

뱅커스의 가족을 구출하려 합니다!"

"어째서?"

"영주님의 평판 때문입니다. 뱅커스 준남작은 가족들이 붙잡혀 있어 어쩔 수 없이 명령에 따랐다고 진술했기에, 식솔을 구출한다면 대외적으로 영주님의 자비로움을 홍보할 수 있게 되죠."

"호오."

제론 자작의 얼굴에 흥미가 어렸다.

제론 역시 뱅커스의 가족을 구하는 게 일이 쉽겠다는 생각은 했었다.

문제라면 위험성이었다.

"특수 작전의 성격이고, 리스크가 너무 크다. 경이 자작령 본성으로 향하고 나면 이쪽에서 도움을 줄 수 있는 방법은 없다네."

"그 부분은 온전히 제가 감당하겠습니다."

그녀의 각오를 보며 제론 자작은 즉답했다.

"허가한다."

"감사합니다!"

"단, 어려울 것 같거든 바로 몸을 빼도록. 기껏 얻은 인재를 허무하게 잃기는 싫거든."

"네! 안전을 최우선으로 생각하겠습니다!"

영주로부터 허가가 떨어졌다.

지금까지는 그녀의 구상에 불과하였지만, 영주의 입을 거치는 순간 이는 공식적인 명령이 된다.

즉, 성공하게 된다면 그만한 상을 받게 된다는 의미다.

달빛조차 삼켜진 새벽.

샤를렌은 정보부 요원 다섯의 지원을 받았다.

책임자는 샤를렌 본인이었으며, 대다수가 여성으로 이루어진 특이한 구성이다.

이는 제론 페로우의 배려로, 침투 작전에는 몸이 가볍고 민첩한 여성 요원들을 투입해야 성공 가능성이 높을 것이라는 판단 때문이었다.

역시 제론 자작의 판단은 정확했다.

그들은 성벽의 낮은 부분을 단숨에 넘었으며, 뱅커스 준남작의 저택으로 향하는 동안 누구도 낙오되지 않았다.

샤를렌은 다크 문에 속해 있을 때도 레비온 자작령을 제 집처럼 누비고 다녔으므로 경비들을 피하여 이동할 수 있었다.

뱅커스 준남작의 저택이 위치한 본성 외곽.

저택이 너무 외진 곳에 위치하고 있었기에 레비온 자작이 경비를 세운 것이다.

저택은 총 24명, 두 개 분대가 지키고 있었다.

샤를렌은 능숙하게 요원들을 지휘하였다.

그들은 저택이 내려다보이는 나무 위에 각자 포지션을 잡았으며 작은 피리로 의사를 전달했다.

삐익!

삐이익!

〈내 신호에 따라 발사한다. 최대한 빠르게 연사하여 근접 전투를 지양할 것.〉

〈라져.〉

요원들은 등에 매달고 온 석궁을 꾸벅꾸벅 졸고 있는 적들을 향해 조준했다.

이 연발 석궁은 페로우 가문의 비밀 병기였다. 레일라 경은 이 석궁이 적들의 손에 넘어가는 것을 철저하게 막아야 한다고 신신 당부했다.

석궁의 파괴력은 말할 것도 없고, 한 번에 빠른 속도로 6발을 연사할 수 있다고.

특수 작전에 잘 어울리는 무기였다.

삐익!

샤를렌이 명령을 내리자 석궁이 일제히 발사되었다.

퉁! 퉁!

엄청난 반탄력과 함께 화살이 발사됐다.

화살에 맞은 경비병이 붕 떠올라 저택의 벽에 처박혔다.

실로 무지막지한 파괴력.

이런 괴물이 연사까지 가능했다.

샤를렌은 결단코 이런 성능을 가진 무기를 보지 못했다.

과연 이런 무기가 외부로 유출되면 엄청난 사달이 일어날 것이다.

사격이 끝났을 때, 저택 앞에 서 있는 병력은 존재하지 않았다.

다들 석궁의 성능에 놀라 입을 다물지 못했다.

"끄…… 끝내주는데?"

레비온 자작은 결국 밤을 꼴딱 새우고 말았다.

새벽에 전령이 달려와 페로우 가문에서 군을 일으켰다는 소식을 듣고 나자 더욱 잠을 이룰 수가 없었다.

심지어 군대의 선두에는 왕실 기사들까지 함께하고 있다고 했다.

밤새도록 레비온 자작은 계획을 세우고 점검했다.

일이 이렇게까지 커졌으니 뱅커스 준남작은 포기해야 한다.

어디까지나 이 모든 일은 뱅커스 준남작 독단으로 실행된 일이며, 자신은 상관이 없다고 잡아떼야 했다.

잘하면 그냥 넘어갈 수 있을지도 모를 일 아닌가.

벌컥!

갑자기 집무실의 문이 열리자 레비온 자작의 심장은 미친 듯이 두근거렸다.

왜 노크를 하지 않느냐고 따지려다 바리안 경의 충격적인 보고가 들어오자 그는 있는 대로 얼굴을 구겼다.

"영주님! 뱅커스 준남작의 식솔들이 사라졌습니다!"

"뭐, 뭣이!? 그게 말이 되냐!? 어제 분명 두 개의 분대를 보내지 않았느냐!"

"오늘 아침에 교대하러 간 병력이 시신들을 가져왔습니다! 전부 화살에 맞아 죽어 있었고, 준남작의 가솔들은 사라져 있었다고……."

"허!"

레비온 자작의 몸이 덜덜 떨려 왔다.

이런 짓을 벌일 수 있는 인간은 하나다.

제론 페로우, 그놈이다.

"이런 개자식!"

"영주님!"

그 충격이 가실 사이도 없이 이번에는 전령이 달려왔다.

내용을 듣는 것이 두려울 지경.

전령이 떨리는 목소리로 보고했다.

"페, 페로우 가문의 군대가 나타났습니다! 게다가 왕실의 깃발까지 달았습니다!"

"허……."

털썩.

레비온 자작은 그 자리에 주저앉았다.

어마어마한 사달이 일어나고 만 것이다.

레비온 본성 입구에는 1천에 달하는 페로우 가문의 병력이 도열하고 있었다.

선두에는 왕실 기사들이 병풍처럼 서 있었으며, 놈들은 국왕의 깃발까지 내걸었다. 그 탓에 위압감을 느낀 성벽의 적들은 이러지도 저러지도 못했다.

단순한 영지전이라면 공격해도 되겠지만, 국왕과 관련되어 있는 군대를 잘못 건들면 레비온 가문은 물론이고 병사들의 가족들까지 모조리 몰살당할 수도 있었다.

제론은 피를 묻히지 않고 본성을 점령할 수 있겠다는 느낌이 왔다.

'백작께서 정말 많은 도움을 주셨어.'

무혈입성이 가능한 이유는 왕실 기사들 때문이었다.

이쪽에 화살 하나라도 날아오면 병사들과 기사들은 풍비박산되고, 그 가족들도 죄다 처형될 것이니 함부로 화살을 날릴 리도 만무했다.

제론은 목소리가 쩌렁쩌렁한 가르시아 경을 내보냈다.

"어서 성문을 개방하지 못할까! 감히 국왕 폐하의 명령을 받고 온 군대를 건들 셈이더냐!"

웅성웅성!

성벽 위에서 소란이 일어났다.

정확하게 말하면 국왕의 명령이 아닌, 그 권한을 대리하는 렌카이 백작의 의지였지만 가르시아의 말이 틀린 것은 또 아니다.

흠차대신이 작성한 명령서는 국왕의 권력을 대리한 것으로 볼 수 있었다.

잠시 후, 레비온 자작이 모습을 드러냈다.

며칠 사이에 레비온 자작의 몰골은 많이 상했다.

나름 고뇌하며 고생을 엄청 했던 모양이다.

"제론 페로우! 거짓으로 자백을 받아 온 것을 내 모를 줄 아느냐! 네놈은 한 발짝도 영지를 침범할 수 없다!"

제론은 굳이 나설 필요성을 못 느꼈다.

곧 가르시아 경의 목소리가 어마어마한 크기로 울려 퍼졌기 때문이다.

"1분 주겠다! 지금 당장 무기를 버리고 성문을 열지 않는다면 반항의 의사로 알고 너희 기사들, 병사들의 가족까지 모조리 목이 잘린 것인즉."

"……."

레비온 측 기사들과 병사들은 고뇌했다.

레비온 자작은 고래고래 소리를 질러 댔지만 이 시골 벽지에서 국왕의 명령에 정면으로 반박할 수 있는 사람은 없었다.

 가르시아의 태도가 워낙 당당하여 더욱 위축되기도 했고.

 결국 성문이 열리고 있었다.

 "이익! 이 개자식들! 지금 뭘 하고 있는 거냐!"

 레비온 자작은 검을 이리저리 휘두르며 발악했다.

 그러나 그 비대한 몸으로 검을 움직여 보았자 병사의 옷깃 하나 스치지 못했다.

 "체포하라!"

 "예!"

 제론의 명령이 떨어지자 페로우 가문의 기사들이 성문을 통과하여 성벽 위로 단숨에 뛰어 올라갔다.

 여전히 검을 휘두르며 반항하던 레비온 자작은 간단하게 체포되었다.

 가르시아 경이 경과를 보고하기 위해 달려왔다.

 "영주님! 다 끝났습니다! 저 돼지 녀석은 어떻게 할까요?"

 "뭘 어째? 목을 잘라야지. 백성들에게 빵 가지고 나오라고 전해라!"

 대부분의 영지에는 사형을 집행하는 장소가 있다.

 영주의 성향에 따라 위치가 바뀌기는 하지만, 주로 피가 잘 빠지지 않는 광장을 애용했다.

그건 레비온 자작령도 마찬가지였다.

광장 바닥은 돌이 가지런하게 깔려 있었는데, 그중에서도 분수대 앞은 피비린내가 살벌하게 풍겨 나오고 있었다.

제론의 명령으로 사형이 집행될 곳이었다.

영지의 백성들이 빵을 들고 우르르 몰려나왔다.

여전히 제론이 볼 때에는 이해가 안 되는 문화였지만, 백성들은 정말로 죄인의 피를 찍어 먹어야 건강해진다는 믿음을 가지고 있었다.

제론의 명령이 떨어지자 가르시아 경이 쩌렁쩌렁한 목소리로 외쳤다.

"죄인을 끌고 와라!"

잠시 후, 봉두난발이 된 레비온 자작이 끌려 나왔다.

워낙 레비온 자작의 몸이 비대했기에 병사 네 명이 달라붙어야만 간신히 끌고 올 수 있었다.

본래 죄인이 가는 길은 가시밭길이었는데, 죄의 경중에 따라 백성들의 반응도 달라진다.

하지만 지금은 전 영주가 끌려오는 상황이니, 백성들은 쉽사리 돌을 던지지 못했다.

영지의 단결을 위해서라도 이래서는 안 되는 법.

제론이 손짓하자 미리 깔아 둔 호객꾼들이 소리를 지르며 돌을 집어 던졌다.

"이런 돼지 같은 놈! 저 새끼 때문에 우리들의 삶이 피폐해졌다!"

"반역자에게 죽음을!"

"반역자?"

웅성웅성.

술렁거림이 커졌다.

영주가 반역자라면 이야기는 좀 달라진다.

퍽! 퍽퍽!

돌에 맞아 레비온의 머리통이 터졌다.

놈의 얼굴은 물론이고 온몸에 온갖 쓰레기들이 날아들었다.

"죄목을 읊어라!"

"영주님께 아뢰옵니다! 레비온 이 역적은 국왕 폐하의 명령으로 작성된 계약을 이행하지 않았으며, 역심을 품어 왕가의 명성을 더럽힌 혐의가 있습니다. 이는 반역죄로 다스려야 할 중죄. 즉결 처분이 마땅합니다!"

"읍! 으으읍!"

반역자라는 말에 레비온 자작은 미친 듯이 몸을 뒤틀었다.

하지만 평소 운동 따위와는 담을 쌓은 레비온이 우악스러운 병사들의 손길에서 벗어날 수 있는 방법은 없었다.

한 가지 죄가 있다면, 온갖 죄목을 뒤집어씌울 수 있는 것이 바로 중세였다.

　백성들의 분노가 끓어올랐다.

　놈에게는 수탈과 탈세, 살인 교사 등등의 죄목도 추가됐다.

　담담하게 떨어지는 선고.

　"처형하라!"

　덜컹!

　높은 곳에서 날카로운 단두대가 떨어지자 레비온의 머리가 단숨에 잘려 나갔다.

　놈에게는 항변의 기회조차 주지 않았다.

　레비온 자작은 나름 귀족인 작자였으니, 괜히 쓸데없는 소리를 해서 민심이 동요할 가능성이 있었기 때문이다.

　잘려 나간 몸에서 피가 콸콸 쏟아져 바닥을 적셨다.

　"반역자가 죽었다!"

　"와아아!"

　백성들이 맹렬한 기세로 밀려왔다.

　오늘 죽은 레비온 자작은 단순한 죄인이 아니었다.

　놈에게는 법정 최고형을 가할 수 있는 반역자의 굴레를 씌웠다.

　형벌이 큰 사형수일수록 그 피에 빵을 적혀 먹는다면 지금까지의 죄가 사해지고 더욱 건강해진다고 백성들은 믿었다.

이러니 경쟁이 치열할 수밖에.

살벌한 풍경이었지만 제론의 단련된 정신은 이를 아무렇지도 않게 넘겼다.

가르시아 경이 집행을 마치고 제론의 곁으로 달려왔다.

"영주님! 집행이 끝났습니다!"

"좋아. 이곳이 대충 정리되면 회의를 열 것이야. 자작가 가신들도 참여하라 일러라."

"예, 영주님!"

아직 중요한 절차가 남아 있었다.

레비온 자작가 영주성.

이곳은 금광으로 오랜 시간 부를 축적해 온 자작가답게 굉장히 화려한 면모를 보였다.

고가의 장식품들과 곧게 깔린 대리석, 샹들리에는 페로우 영지와는 비교조차 되지 않는 돈지랄이 행해졌다.

영주성 대전은 그 격차가 더 심했다.

웅장하고, 화려했다.

제법 높은 곳에 영주의 좌가 있었는데, 동방에서 수입했다는 상아로 만들어져 있었다.

'아니, 대체 돈을 얼마나 처바른 거지?'

제론은 물론이고 가신들까지 그런 생각을 했다.

매일 찢어지게 가난한 영지에서 살아오다가 허영과 사치

의 결정을 보게 되니, 혀를 내두르게 되는 것이다.

제론은 영주의 좌에 앉아 아래를 내려다봤다.

마치 왕이라도 된 듯한 느낌이다.

페로우 영지의 가신들이 좌측에 섰고, 레비온 자작의 가신들이 우측에 섰다.

가신들의 숫자는 레비온 자작가가 1.5배 정도 많았다.

"너희들은 역적의 가신들이었으나, 레비온 자작의 횡포에 의해 어쩔 수 없이 동조하였다는 것을 알고 있다."

"……."

표정이 썩어 가고 있던 레비온 가문 가신들의 얼굴이 조금씩 폈다.

제론이 처벌 의사를 밝히지는 않았기 때문이다.

"탐관오리들을 제외한 자들에게는 기회를 준다."

"탐관……오리요?"

사람들의 얼굴에 물음표가 떴다.

탐관오리는 백성들의 고혈을 쥐어짜 자신들의 잇속을 차린 인간들을 뜻했는데, 그걸 어떻게 구분한다는 것인지 이해되지 않았기 때문이다.

제론은 피식 웃으며 명단을 꺼냈다.

다크 문에서는 오랜 시간 북부의 귀족들을 조사해 왔고, 누가 어떤 성향을 가졌는지 잘 알고 있었다.

지금까지 귀족들이 벌인 일들을 죄목까지 자세하게 적어

가지고 있었으니, 이런 사실을 레비온 가문 사람들이 알 수 있을 턱이 없다.

제론이 손짓하자 샤를렌이 낭랑한 음성으로 말했다.

"아틸 준남작은 탈세, 횡령, 수탈 등의 혐의 적용. 그 밖에 살인 교사와 백성들을 공공연하게 노예로 만들었으니 사형에 처한다."

"아니야! 거짓말이다!"

"끌고 가!"

"빌어먹을! 아니라고……!"

줄줄이 탐관오리 색출 작업이 이어졌다.

그 밥에 그 나물이라고, 레비온 자작부터가 온갖 쓰레기 같은 짓들을 벌이고 다녔으니 가신들이라고 해서 다를 바가 없었다.

20명의 가신들 중에서 벌써 12명이 끌려 나갔다.

남아 있는 자들은 총 8명에 불과했다.

생존자(?)들은 턱이 빠질 정도로 놀라는 중이었다.

'어떻게 우리들의 치부를 낱낱이 기록하고 있는 거지?'

'굉장한 정보력이다! 우리들조차 모르는 혐의까지 밝혀내다니.'

그나마 남아 있는 8명의 생존자들은 백성들을 위한 정책을 펴거나 영주에게 따끔한 소리를 마다하지 않았던 충신이다.

제론 역시 그들까지 모두 처형시키기는 아까웠다.

이런 고급 인재들은 쉽게 키워 낼 수 없었다.

"너희들은 나름 청렴한 자들이니 기회를 주겠다. 충성심 검증을 통해 페로우 가문의 사람이 되거나 원치 않는 사람은 떠나도 좋다. 단, 가문을 떠날 때 어느 정도 재산은 헌납하고 가야 할 것이야."

쿵!

살아남은 자들은 무릎을 꿇고 머리를 조아렸다.

이만하면 제론도 선정을 베푼 것이다.

원래 영지전으로 상대 영지를 편입하면 휘하 가신들은 죄다 숙청해 버리는 것이 국룰(?)이었다.

부리나케 빠져나가는 레비온가의 가신들.

제론은 이제야 페로우 가문의 가신들과 마주할 수 있었다.

"모두 지금껏 고생했다."

"고생은 영주님께서 하셨지요! 저희가 뭘 한 것이 있습니까?"

"맞습니다. 영주님의 기지로 과거의 영광을 어느 정도 회복한 것이 아닌가 싶습니다."

노기사 제널드 경은 눈시울까지 적셨다.

누군들 과거의 영광을 되찾고 싶지 않았을까.

그건 역대 모든 영주와 가신들의 꿈이었다.

"자자, 아직 끝난 것은 아니다. 기사들은 레비온 가문의 기사들과 병사들을 우리 쪽으로 끌어들이도록 해라. 정 못 쓰겠다 싶으면 가차 없이 쳐내되, 웬만하면 그들을 끌어들여 병력을 증강시켜야 한다."

"예, 영주님!"

"기사들은 나가 봐라. 행정 쪽은 행정관들과 처리하지."

기사들이 우르르 대전을 빠져나갔다.

그들이 할 일은 레비온 가문의 군권을 장악하는 일이었다.

자작가의 병력은 2천 정도였는데, 그중 반 이상을 흡수하는 것이 목표였다.

이렇게 되면 페로우 가문의 가병은 순식간에 2천으로 불어날 것이다.

영토가 커진 만큼 최소한 3천 이상의 병력을 유지해야 한다.

기사들은 몰라도 병사들의 충성심은 그리 강한 편이 아니었으니, 쉽게 가병으로 편입될 수 있을 것이다.

제론은 이제 행정관들을 바라봤다.

"라키우스 경!"

"예, 영주님!"

"경이 필두로 하여 레비온 가문의 행정력을 장악한다. 또한 레비온가의 자산이 어느 정도인지 정확하게 파악해야 할 것이야."

"맡겨만 주십시오!"

행정관 라키우스 경이 우렁차게 대답했다.

레비온 가문이 금광을 소유하고 있었던지라 찾아보면 틀림없이 막대한 비자금이 흘러나올 것이다.

제론은 그 자금으로 영지를 살찌우면 되는 것이었고.

레비온 가문을 병탄해 버린 것이나 마찬가지의 상황이었으나 전쟁으로 영토를 삼킨 것보다는 훨씬 나은 상황이었다.

레비온 자작이 워낙 쓰레기 같은 놈이라 백성들의 반발은 없었다.

군 관계자들 역시 평소 레비온 자작을 탐탁지 않게 생각하던 모양이었으니 어렵지 않게 흡수할 수 있을 것이다.

사후 처리는 밤이 될 때까지 이어졌다.

제론은 당장 급한 사안들을 처리해 놓고 레비온 자작이 사용하던 방문을 열었다.

그러고는 정말 놀랐다.

이 미개한 세상에서 이 정도로 사치를 부리며 살아갈 수 있는 사람이 있었다니.

이불은 모두 교체되어 있었고, 실내는 깔끔하게 청소까지 되어 있었다.

시녀들에게는 죄가 없었기에 해고하지는 않았다.

그녀들은 제론을 볼 때마다 감사의 인사를 건넸다. 또한 은근히 레비온 자작을 험담하는 것을 잊지 않았다.

 털썩.

 제론은 푹신한 침대에 몸을 던졌다.

 "이거 갑자기 말도 안 되게 영지가 팽창하였는데."

 일이 잘 풀린 것은 무조건적으로 뇌물의 힘이었다.

 지구에서 가져온 뇌물로 왕국 고위층 인사들의 환심을 사지 않았다면 꺼꾸러지는 것은 제론이었을지도 모른다.

 정계는 인성으로 사람을 판단하는 곳이 아니었다.

 렌카이 백작의 말대로 제론은 이제 북부의 유력 귀족으로 거듭났다. 앞으로 힘을 더욱 키워 나가려면 온전히 영지를 다스려 내야 한다.

 영토가 넓어진 만큼이나 자급자족 체계를 갖추는 것은 매우 중요한 일.

 금을 많이 보유하고 있었기에 춘궁기에는 식량을 수입하면 되겠지만, 역시 영지 자체가 부강해지려면 어떤 일이 있어도 흔들리지 않아야 한다.

 그러자면 오프린 종자 이외에도 여러 가지 작물들을 지구에서 들여오는 것은 중요한 문제였다.

 어느 정도 기운을 차린 제론은 지구로 넘어갈 준비를 했다.

 오늘의 목표는 시내로 진입할 수 있는 루트를 짜 보는 것이다.

제12장
우연 아닌 필연

쿨렁!

제론은 수면의 막을 통과하는 듯한 느낌과 함께 지구로 돌아왔다.

지구에도 봄기운이 슬슬 올라오고 있었다.

온도계는 영상을 가리켰으며, 햇볕은 실내를 강하게 비췄다.

"후우."

숨을 한번 들이마셨다.

강렬하게 느껴지는 마나의 분포.

카렌 대륙에서는 느낄 수 없는 감각이다.

지금까지 제론은 음양면 외곽의 쉘터에서 끊임없이 부품들을 실어 날랐었다.

가끔 강씨와 함께 이동하여 차량의 부품들을 탈착했고, 그것을 옮기는 것은 제론의 몫이었다.

이번에 렌카이 백작의 마차를 개조한 것도 쉘터에서 가져간 부품을 이용해 만들어 냈다.

부품을 모두 수거한 이후에는 안전한 강씨의 은신처로 이동해 왔다.

그게 며칠 전의 일이었다.

제론은 지구로 넘어오자마자 전기 포트와 히터부터 켰다.

기온이 영상에 걸쳐져 있다지만 약간 쌀쌀했기에 히터를 켠 것이다. 어차피 태양광을 이용한 전기는 공짜이기도 했고.

곧 지구에서도 조만간 간단한 전자 제품 정도는 사용할 수 있게 될 것이다.

음양면 쉘터에 있는 태양광 패널을 모두 뜯어 갔으니 전기를 여러 가지 방법으로 사용할 예정이었다.

전기 포트에서 물이 끓자 믹스커피를 한잔 탔다.

카렌 대륙에서 마시는 차도 괜찮았지만, 역시 달달한 믹스커피와 카페인이 보충되어야 몸이 깨어나는 느낌이었다.

제론이 지구에서 격한 활동을 버티는 것은 모두 커피의 도움이었다.

달달한 커피가 혀를 적시자 도파민이 분비되며 정신이

깨어났다.

"그래, 이 느낌이야."

이런 재미라도 없었다면 이 삭막한 지구에 넘어오는 것은 상당한 부담이었을 것이다.

커피를 모두 비운 제론은 오늘 해야 할 일을 다시 한번 정리했다.

"서클의 분화. 그리고 정찰."

오늘은 크게 옮길 만한 물건이 없었다.

기껏해야 강씨의 은신처에 남아 있는 공구 정도였다.

제론은 바닥에 담요를 깔고 정좌했다.

잔잔한 바람 소리만 들려오는 가운데 주변에서는 고요함이 흘렀다.

강씨의 쉘터 만큼은 안전하다는 생각 때문인지 빠르게 무아지경으로 빠져들었다.

제론은 자신의 몸을 제3자가 되어 관조하였다.

도도하고 강하게 흘러가는 마력.

이 성도의 미력이면 진작 2서클에 올랐어야 한다.

하지만 누구의 도움도 없이 서클을 분화하기 위해서는 트리플 캐스팅이 필수적이었다.

더블 캐스팅으로 실드를 형성하여 심장을 보호하였을 때에도 서클의 분화는 실패했다.

실드는 깨지고 심장이 터져서 죽을 뻔한 경험을 한 이후에는 안전하게 트리플 캐스팅을 완성하고 서클 분화에 도전하려 했던 것이다.

그게 바로 오늘이다.

제론은 마법의 다음 단계를 밟을 것이다.

이미 심장을 빠르게 회전하고 있는 띠는 굉장히 두꺼웠다.

제론은 눈을 감은 채로 트리플 캐스팅을 했다.

'실드! 실드! 실드!'

심장 주변을 에워싸는 세 겹의 실드.

제론은 마법 유지에 주의하면서 바로 서클의 분화에 들어갔다.

도도하게 흐르는 마나의 일부를 잡아채서 회전하고 있는 서클에 강제로 욱여넣었다.

쫘드드득!

그러자 맹렬하게 회전하던 서클의 중심이 움푹 들어가며 분화하려 했다.

이때에 느껴지는 압박감은 제론이 홀로 감당해야 하는 것이었다.

'단숨에 간다!'

이전에는 심장이 터질까 두려워 한 번에 서클을 쪼개지 못했다.

하지만 오늘은 달랐다.

실드를 세 겹이나 쳤기에 능히 감당할 수 있을 것이다.

쩌저저정!

두 개로 서클이 쪼개지려 하자 불안정하게 마력이 요동치면서 심장을 압박하였다.

파앙! 파앙!

순식간에 실드 두 개가 터져 나갔다.

제론의 이마에 땀이 흐르기 시작했다.

예상대로 실드 두 개로는 서클의 분화를 견디지 못했다.

마지막 실드가 간당간당하게 심장을 보호하고 있는 중이다.

어느 순간.

서클이 쪼개지며 나뉘어졌다.

불안하게 요동치던 서클들은 미친 듯이 심장을 옥죄였으며, 나머지 실드 하나도 반쯤 부숴 놓았다.

쩌저정!

결국 마지막 실드마저 터져 나갔다.

두근! 두근!

심장을 터뜨릴 듯 말 듯 위태롭게 회전하는 두 개의 서클.

제론은 바로 안정화에 들어갔다.

마나 심법을 운용하여 이리저리 굽이치는 서클을 궤도에 올려놓으려 노력하였다.

마침내.

서클들이 자리를 잡아 가며 안정을 찾아갔다.

"허억! 허억!"

제론은 무아지경에서 빠져나와 벌러덩 누웠다.

두 개의 서클은 실로 무지막지한 마나를 빨아들였다.

서클이 하나였을 때와 마찬가지의 상당한 두께를 가진 두 개의 마력 덩어리가 회전하고 있었다.

"죽을 뻔했네."

위험한 도박이었다.

스승의 도움 없이 2서클에 오른다는 것은 그런 의미를 가지고 있었다.

제론은 직감적으로 마력이 증폭되고 마법의 파괴력도 강해졌다는 것을 알았다.

1서클 마법조차 지구에서는 대단한 위력을 발휘했었는데, 2서클 마법은 과연 어떨지 감조차 잡히지 않는다.

2서클 마법을 사용하려면 마법서를 구해야 한다.

아마도 마법서는 마탑에서 구매를 하든지 해야 할 것 같다.

제론은 몸을 일으켰다.

휘이이잉!

바람이 강하게 불지 않았음에도 온몸으로 공기가 순환하는 과정이 느껴졌다.

더욱 선명해진 시야, 청각, 촉각.

마력의 흐름도 전보다 선명해졌으며, 지구에 깔려 있는 마나가 하나의 배열을 가지고 있음도 깨닫게 됐다.

2서클에 오른다는 것은 단순히 마력만 강해졌다는 의미

는 아니었다.

오감은 물론, 육감까지 선명해지면서 마법을 다룰 수 있는 최적의 육체로 변해 가는 것이다.

"나쁘지 않아."

지구의 활동을 염두에 두면 매우 긍정적인 변화였다.

제론은 잠시 앉아서 마력을 완전히 안정화시켰다.

정신력도 발전한 모양인지, 마나가 의지에 따라 자유자재로 움직였다.

예전에는 마나를 움직이려면 강제로 끌고 가는 느낌이었지만, 지금은 부드럽게 순환하는 감각이 느껴졌다.

성공적으로 서클 분화를 마친 제론은 가볍게 배낭을 짊어졌다.

마력이 충만해지며 몸이 날아갈 것만 같았다.

제론은 모든 준비를 마치고 은신처를 나섰다.

농공 단지에서 가장 높은 건물은 농약사가 위치하고 있는 상가다.

제론은 농약사 앞에서 몸을 숨기고 근처에서 어떤 소리가 나지는 않는지 살폈다.

지금은 그 어느 때보다 몸이 가볍고 마력도 충만하였지만 방심은 하지 않기로 하였다.

이는 전생의 경험에서 우러나오는 경험이었다.

멸망한 지구에서는 어떤 무기를 쥐고 있어도 순식간에 당할 수 있었다.

진화체가 한 번 더 진화하였으므로 까딱 잘못하다가는 비명횡사할 수도 있는 일.

"……."

다행히 농공 단지 내부에는 변이체나 생존자의 흔적이 발견되지 않았다.

창문이 다 깨져서 내부가 훤히 드러나 있었다.

꽈드득!

유리 조각이 밟혀 제법 큰 소리를 내자 제론은 잠시 몸을 낮추었다.

예전보다 청각이 훨씬 예민해진 것이 느껴졌다.

매우 작은 소리라도 천둥처럼 고막에 스며들었다.

농약사 내부는 완전히 박살 나서 집기들이 이리저리 굴러다니고 있었다.

농약이 오래전에 터져서 흘러내린 자국들로 가득했다.

이리저리 보이는 핏자국.

제론은 잔인한 광경이 수없이 펼쳐지는 중세에서 왔지만, 지구에서 일어났던 일들은 그보다 훨씬 더 끔찍했다.

혹시 몰라서 농약사 내부에 남아 있는 씨앗들이 있나 찾아보았지만, 쓸 만한 것들은 죄다 털려 있었다.

제론은 카운터를 한번 살펴봤다.

혹시 모른다. 특이한 채소라도 있을지.

"무?"

제론은 선명한 한글을 발견하고 육성을 터뜨렸다.

그는 카운터 바닥에 몸을 반쯤 굽히고 떨어져 있는 씨앗 봉투를 집었다.

포장지가 구겨지긴 했어도 내부는 멀쩡하였으며 무 씨앗이 한가득 담겨 있었다.

무는 부피에 비하여 영양가가 그리 높은 작물은 아니었다.

주식이 아니라 부식으로 취급되었으나 찢어지게 가난하던 시절에는 무를 먹으며 버틴 역사도 있었다.

하지만 제론은 여기서 큰 가능성 하나를 보았다.

배추를 구하지 못한 지금, 언젠가는 카렌 대륙에서 김치를 담아 먹을 수 있다는 희망이 생긴 것이다.

"나쁘지 않은 수확이야."

고추 씨앗이 있었으면 더 좋았겠지만, 그것까지 바라는 것은 욕심이다.

하지만 만약 유진 산업 지하 창고에서 고추 씨앗을 발견한다면?

카렌 대륙에서 최초의 총각김치나 깍두기가 탄생할 것이다.

재료만 갖춰지면 동치미에 국수를 말아 먹을 수 있을지도 모르고.

생각만 해도 침이 고였다.

"양파와 마늘, 생강이 있으니 동치미까지는 가능할 거야. 강씨 부녀가 좋아하겠는데."

동치미에 건고추가 들어가면 더할 나위가 없겠지만 지금 있는 재료만으로도 어찌어찌 흉내는 낼 수 있지 않을까?

제론은 혹시나 모르는 기대에 카운터 근처를 한번 뒤집어엎었다.

무를 발견했으니 배추 씨앗도 있을 것 같아서다.

하지만 무 씨앗을 발견한 것만 해도 천운이었다. 여기에 배추 씨앗까지 발견하면 로또 맞은 격이다.

제론은 아쉬움을 뒤로한 채 봉지를 배낭에 잘 넣어 두었다.

농약사 뒷문과 이어진 계단.

어딜 가도 마찬가지였지만 시신이 없는 구역은 드물다.

곳곳에 보이는 미라들.

3층에서 4층 사이로 이어지는 계단에는 비교적 오래되지 않은 시신이 찢겨 나가 있었다.

벽을 따라 쭉 핏자국이 이어졌다.

제론은 이제 익숙해진 모습을 뒤로하고 옥상의 문을 열었다.

불과 한 달 전과는 비교도 할 수 없을 정도로 따듯해진 바람이 불었다.

카렌 대륙은 추수기였고 점점 추워지기 시작할 것이다. 그에 비하여 지구의 날씨는 따듯해질 것이니 이런 극과 극도 드물 것이다.

이곳에는 오래된 목재들이 굴러다녔다.

주로 썩은 가구들이 방치되어 있었고, 한쪽 구석에는 누군가가 생활했던 흔적도 있었다.

빈 깡통들과 다 삭아 가는 옷가지들이 널려 있었다.

혹시 일기장이라도 있나 살폈지만 그런 것은 보이지 않는다.

제론은 옥상 난간에 머리만 내밀고 망원경을 들었다.

농공 단지의 지대가 높았기에 주변을 식별하는 데에는 문제가 없다.

먼저 원룸촌으로 시선이 돌아간다.

제론이 음양면 쉘터로 떠나기 전까지만 해도 원룸촌에는 진화체들이 싸우고 있었다.

원룸촌에 소음은 없었지만 중국집 앞으로 뭔가가 빠르게 이동하는 것이 보였다.

"저 말라깽이 자식. 아직 살아 있었군."

농공 단지에서 살아가던 놈이었다.

굴러온 돌이 박힌 돌을 빼낸다고 이곳에서 쫓겨난 놈들이 원룸촌을 점거했다.

하지만 예전에 비하여 더욱 말라 있는 것을 보니 원룸촌에서 생활하는 것이 힘겨운 모양이었다.

하긴 요즘 같은 시국에는 변이체 놈들도 불경기(?)라고 볼 수 있었다.

살아남은 사람 자체가 별로 없었고, 변이체들도 점점 강해지고 있어 동족 포식도 쉽지 않은 상황이었다.

제론은 망원경을 돌려 도시 부근을 살펴보았다.

전에 봤을 때에는 약탈자들이 온통 도시를 헤집으며 변이체들을 밖으로 끄집어내기에 여념이 없었다.

오늘은 어떨까?

"……"

가까이서 봐야 알겠지만 큰 움직임은 없었다.

도시를 제집처럼 누비던 약탈자들이 보이지 않는 것으로 봐서는 다 죽었거나, 성공적으로 변이체를 밖으로 유인했거나 둘 중 하나다.

지금 상황에서는 변이체보다 약탈자를 피해 가며 움직이는 것이 훨씬 유리했으니, 차라리 약탈자들이 성공하였기를 기원해야 했다.

제론은 망원경을 배낭에 집어넣었다.

이제 슬슬 움직여야 할 때였다.

『멸망한 지구를 주웠다』 5권에서 계속